AF485271

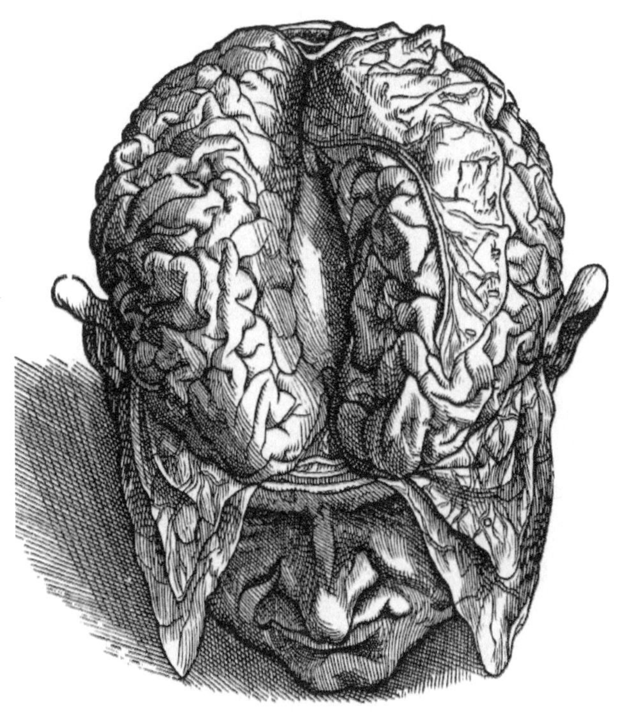

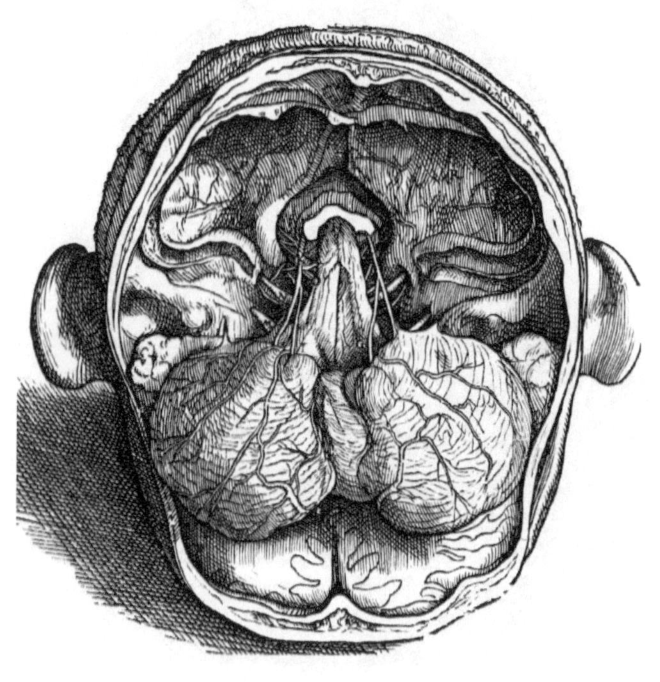

CARNE

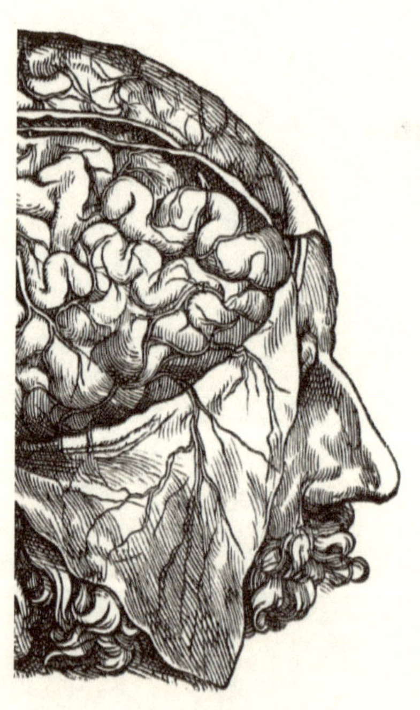

SEBASTIÁN CAMELO

CARNE

destiempo

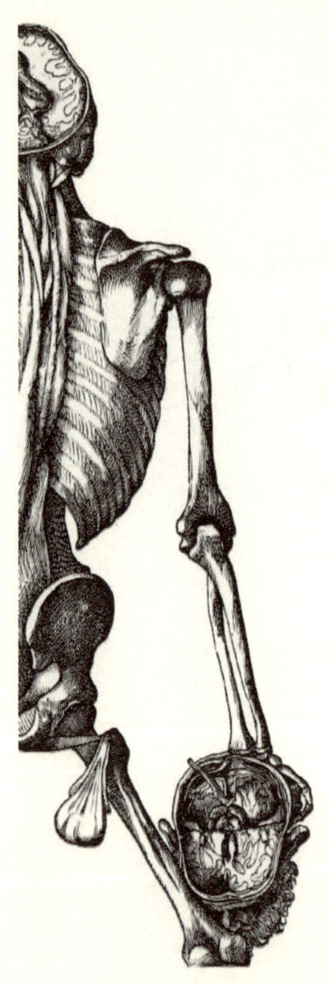

El canibalismo moral de todas las doctrinas
hedonistas y altruistas se basa en la premisa
de que la felicidad de un hombre precisa el
daño de otro.

Ayn Rand

LA CACERÍA

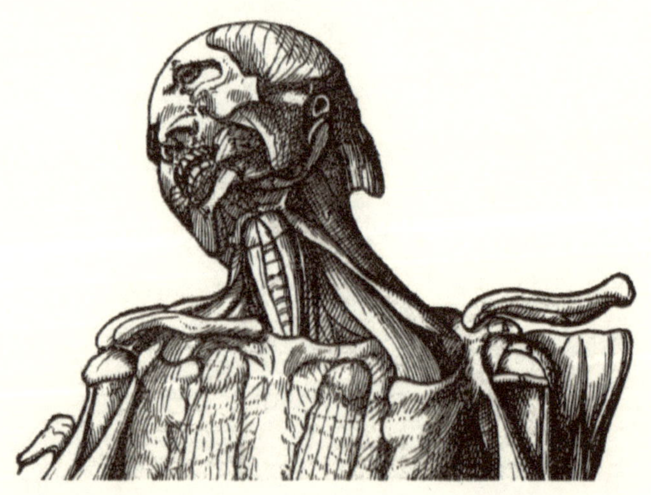

Jeffrey Dahmer estudió la zona con cautela. Sus ojos verdes, tras los lentes de marco metálico, se concentraron en las luces fastuosas que iluminaban las cálidas calles de Chicago en aquella madrugada. Era un reconocido bar de la ciudad por su clientela particular. La fama del lugar se había extendido por todos los vecindarios y Dahmer sabía que era el escenario apropiado para iniciar su cacería.

Sacó una pequeña licorera del bolsillo interno de su cazadora y se dio un largo trago de whisky para recordarse que debía ser valiente y sereno o de otra forma perdería la noche. Cruzó la calle y entró.

El ambiente era tremendamente jovial. El calor veraniego de afuera se había multiplicado por cuenta de la aglomeración de personas que departían al ritmo del pop más sonado del año 91. Los bombillos alternaban sus colores entre rojos, verdes y amarillos de forma animada y la vibración de las grandes cabinas de sonido acompañaba las decenas de conversaciones que se llevaban a cabo en cada una de las mesas y en la gran barra ubicada en el centro del recinto. Allí, Jeffrey encontró una silla vacía con una ubicación perfecta para realizar el pisteo sin que ninguna de sus presas potenciales se percatara de su presencia.

—Hola, guapo. ¿Qué vas a tomar esta noche? —El barman limpió la barra mientras miraba fijamente los ojos de Dahmer.

—Un whisky doble, por favor. Sin hielo. —Jeffrey sonrió con picardía.

El barman era un objetivo muy difícil. El hecho de que se encontrara trabajando, dificultaba el acercamiento paulatino y su posición central llamaría la atención de muchos testigos potenciales. Descartado, por mucho que le resultara particularmente atractivo. Tomó su trago y se volteó de inmediato para barrer la zona.

Había muchas parejas. Naturalmente, todas estaban descartadas de plano. Por mucha experiencia que tuviera cazando, sabía que no estaba en capacidad de lidiar con dos presas y que no contaba con el espacio suficiente en su cocina para albergar un botín tan grande.

Eso reducía las posibilidades dentro del bar. Una pena, pero por lo menos el proceso de búsqueda sería más ágil.

Observó al fondo del establecimiento y vio a un hombre solitario. Estaba cabizbajo, era tímido y la verdad es que tenía razones para serlo. Una gran panza se dibujaba bajo su camisa de cuadros y los pelos de su barba canosa estaban tremendamente desaliñados. Era viejo. La carne de su cuerpo ya no debía tener el sabor fresco de antaño y conservarla en el refrigerador sería más difícil. Descartado.

Pero cerca de él había un hombre joven, vivaz y carismático. Era moreno, su pelo, completamente negro, contrastaba con el brillo especial de su sonrisa y el blanco de su camisa ceñida que permitía que se viera su cuerpo atlético. Dahmer se concentró en su torso y pudo imaginarlo completamente desnudo. Luego lo imaginó separado de sus extremidades y se sintió completamente excitado. Seguro que sería tan jugoso como su último plato, preparado tan solo cinco días atrás. Fue inevitable pasar la lengua por la comisura de sus labios mientras lo veía. Era perfecto.

Jeffrey le pidió al camarero que le llevara un trago a aquel hombre y no quitó su mirada de éste mientras recibía el obsequio. Casi que pudo leer los labios del mesero explicándole que se trataba de un regalo y justo en ese momento su presa volteó a mirarle, lo que correspondió con una mirada seductora mientras levantaba su vaso de whisky. El joven se quedó observándolo fijamente y luego de unos segundos de indecisión emprendió camino a través del bar y se acercó a Dahmer con una calma elegante.

—No puedo tomarme un trago si no sé quién me lo ha regalado —dijo antes de esgrimir una sonrisa.

—Jeffrey —Fingió timidez—, encantado.

—Jeremiah.

Ambos hombres brindaron y comenzaron una conversación en la que Jeffrey adoptó un rol pasivo, limitándose a escuchar y a preguntarle banalidades a Jeremiah, de manera que éste fuera quien hablara todo el tiempo.

En la cacería es fundamental que el depredador no dé ninguna señal de alarma a su presa, de manera que ésta no se percate de que está siendo cazada sino hasta que reciba la estocada final. Además, el sabor de la carne es mucho mejor, en la medida que el animal no pase por grandes situaciones de estrés antes de su deceso.

—No te había visto por aquí antes, Jeffrey.

—No soy de aquí. Estoy de visita. Unas pequeñas vacaciones.

—¡Oh! ¿Y de dónde eres?

—Vivo en Milwaukee, ¿sabes? A un par de horas de aquí.

—Me encanta Milwaukee, Jeffrey.

El acecho de la presa avanzaba a la perfección. Era evidente que Jeremiah estaba interesado en Dahmer. Encontraba atractiva su piel caucásica y el rubio incandescente de su cabello. Además, que viviera fuera de la ciudad lo convertía en un partido ideal para evitar las habladurías en su trabajo y en su hogar, donde aún no se habían habituado a sus preferencias. Jeffrey, por su parte, encontraba tremendamente fascinante el hecho de poder cazar a una nueva víctima sin la necesidad de apelar al dinero como medio de persuasión.

—¿Te encanta? Podrías visitarme allí.

—Me encantaría —respondió Jeremiah luego de tomar su trago sin dejar de observar a Dahmer—. Espero hacerlo pronto.

Ambos guardaron silencio por unos segundos mientras se miraban fijamente. A simple vista parecían dos hombres imaginando las posibilidades en tanto trataban de contener el deseo evidente que les habitaba. Pero en realidad, se trataba de una presa cayendo en una trampa sin darse cuenta del peligro que corría y de un cazador disfrutando el éxtasis de la conquista de cara a un nuevo festín de sangre y depravación.

—¿Pronto? ¿Por qué no ahora?

Era el momento más importante de toda la cacería. El punto en el que Dahmer dejaría de surcar tierras desconocidas para atraer el alimento a su propio terreno, de la misma forma en que lo hacen las viudas negras cuando dejan un cebo en la mitad de su telaraña.

—¿Ahora? —Jeremiah vaciló.

—¡Ahora, cariño! ¿Por qué no? Somos dos hombres libres. Nadie puede decirnos qué hacer. Tenemos derecho a ser felices.

—No sé. Sería un poco impulsivo.

—¿Y qué? ¡Hagámoslo! ¿Por qué contenernos? Es viernes, tenemos todo un fin de semana para pasarlo bien... ¿o alguien te lo prohíbe?

La pregunta no era gratuita. Era el broche de su cacería. Dahmer sabía que si apelaba a la necesidad de Jeremiah por sentirse libre, obtendría frutos jugosos. Hombres como él, habían tenido que acostumbrarse a vivir prisioneros de sus deseos y de los prejuicios de una sociedad que todavía no comprendía a los que no encajaban en sus valores arcaicos. Jeremiah miró a Jeffrey con resignación y bajó la cabeza. Cuando la volvió a levantar, su rostro estaba lleno de determinación.

—¡A la mierda, vamos!

La cacería había culminado con éxito.

EL MISE EN PLACE

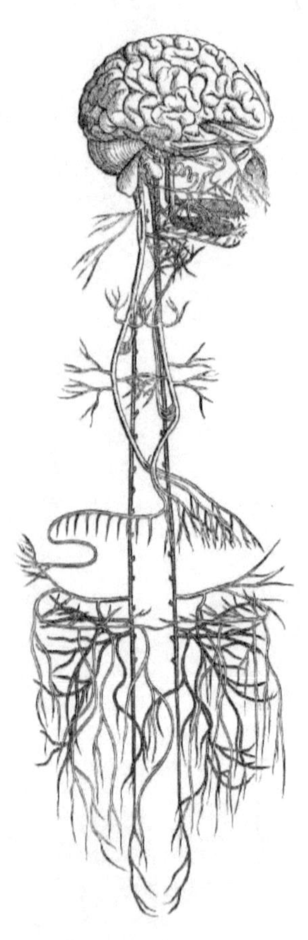

Joe Metheny relajó sus manos muy lentamente. La garganta de la prostituta se había contraído de forma definitiva y las marcas de los dedos gordos del hombre habían esbozado una trama de vasos sanguíneos pulverizados y hematomas que no sanarían jamás. Metheny soltó el cuello de su víctima y la observó con detenimiento. Sus ojos inyectados de sangre se habían salido ligeramente de las cuencas, mientras que su lengua se hinchó como una gelatina recién sacada del frigorífico. La violencia asfixiante del deceso se había transformado en una calma letárgica.

Levantó la pipa de crack que reposaba sobre la pequeña mesa de centro y se dio una calada profunda que le permitió continuar en estado de alerta. El olor a plástico quemado inundó el ambiente de la deteriorada casa rodante donde Joe, además de vivir, preparaba las hamburguesas especiales que vendía en las ferias del Estado y que se habían ganado una gran reputación por su delicioso sabor y su aspecto contundente. El crack hizo efecto rápidamente y pronto la calma se convirtió en determinación psicótica.

Tomó a su víctima y la llevó con sumo cuidado a su habitación compuesta por una cama sencilla que compartía el mismo ambiente con el salón y la cocineta. Allí, la puso sobre un gran plástico que serviría para que la sangre no manchara ninguna tela. Entonces, de debajo de la cama sacó una pequeña hacha con una hoja tremendamente afilada. Con la precisión de quien ha sabido aprender a través de los años, levantó el arma y la dejó caer con rapidez sobre la rodilla del cuerpo, pulverizando por completo la articulación y los ligamentos que la mantenían unida al resto de la pierna. El siguiente ataque vendría por encima de la cadera y con la misma violencia calculada lograría separar el fémur del torso de la trabajadora sexual. Ahora, Joe tenía entre sus manos algo siniestramente similar a un pernil de cerdo, como los que solía comprar en la carnicería de la ciudad cuando se quedaba sin materia prima. Había descubierto que la carne de humano tenía un sabor similar a la del porcino, por lo que, si se combinaban de forma adecuada, ningún cliente notaría la diferencia.

Metheny dio unos pocos pasos para llegar al mesón metálico de la cocina y allí se dispuso a trabajar en el muslo mutilado. Por su experiencia, sabía que era la zona del cuerpo con mejor sabor, junto a las nalgas y algunas partes del abdomen, así que comenzó a despellejar la pieza con un gran cuchillo de cocina que facilitó lo que en cualquier otra situación hubiera sido un procedimiento muy engorroso. Como si se tratara de un bloque de mantequilla, la hoja afilada del cuchillo avanzaba de manera fluida a través del muslo, separando la piel de los tejidos internos y despojando a la pieza de su humanidad, al punto de que no se podía diferenciar de ningún otro corte en el mercado. Joe tomó la piel cortada y la echó a una bolsa negra que más adelante enterraría en las inmediaciones de la casa rodante. Su hogar itinerante estaba ubicado dentro de una fábrica de estivas donde trabajaba para completar sus ingresos.

El siguiente paso era separar el hueso de la carne, para lo que utilizaría su cuchillo deshuesador, el cual había afilado previamente. Tomó la pierna y a través de la parte superior introdujo la cuchilla larga y puntiaguda que había sido diseñada expresamente para atravesar los tejidos sin afectar la forma de la carne, lo que facilitaba la maniobra del cocinero sobre los tendones y la grasa. Sin embargo, las ingentes cantidades de sangre dificultaban el proceso y empañaban el profesionalismo con el que el hamburguesero se desempeñaba en la cocina. Es una lástima que el tiempo no hubiera sido suficiente para llevar a cabo un proceso de desangrado, pero era fin de semana y los domingos eran los días más productivos del carro de comidas rápidas de Joe. Además, no estaba de más deshacerse cuanto antes de un cadáver, en caso de que la policía se entrometiera en asuntos que no eran de su interés.

Finalmente, todo el hueso y los cartílagos del corte habían ido a parar a la bolsa negra. No podía permitirse que la calidad de su carne se disminuyera por cuenta de algunos residuos óseos que afectaran la experiencia gastronómica de los comensales. El siguiente paso fue mucho más fácil, bastaba con usar el cuchillo de chef para cortar la carne hasta reducirla a pequeños trozos uniformes que ya comenzaban a lucir suculentos gracias a su color vivaz y la simetría de sus formas. El resultado irónico de encontrar la belleza y el orden a partir de la destrucción perpetrada por una mente llena de caos.

Metheny se dirigió a su pequeño refrigerador, lo abrió y escarbó entre las latas de cerveza hasta que encontró un tazón que contenía carne de cerdo, igualmente cortada en perfectos cuadros pequeños. Luego de sacarlo, siguió escudriñando en busca de un poco de perejil, unos granos de mostaza y una cebolla solitaria que alcanzó a ser testigo del anterior asesinato cometido en ese lugar. Con todos los ingredientes, el hombre volvió a la cocina e instaló su confiable máquina de picar, su primera adquisición cuando decidió incursionar en el mundo de las comidas rápidas. Entonces, combinó los cuadros de carne de la trabajadora sexual con los del cerdo que había comprado a principios de mes y que se conservaba en perfectas condiciones.

En este punto, apenas se podían diferenciar las carnes, lo que indicaba que el proceso de mezcla había sido exitoso. El siguiente paso era utilizar la máquina para moler la carne, uno de sus momentos favoritos, pues le resultaba curioso cómo se pulverizaban los tejidos y se amalgamaban los colores de las carnes utilizadas. Para estas alturas, ni el más avezado carnicero podría notar la diferencia y lo que alguna vez había sido un ser vivo que caminaba libremente, se había convertido en una suculenta bandeja de la carne molida más espectacular de todo Baltimore.

Acto seguido, el perejil y la cebolla, fueron picados en pequeños trocitos que luego se mezclaron con la carne molida y los granos de mostaza pulverizados para darle su sabor característico, el cual adquiría su última sazón mediante la adición de un poco de sal y pimienta. La materia prima estaba preparada y solo faltaba darle su reconocida forma, para lo que Joe utilizaría unos moldes de aluminio. Luego de unos pocos minutos, cada bola se convirtió en un disco perfectamente simétrico de 125 gramos almacenado en una refractaria de plástico.

Joe estaba cansado. Volteó a mirar a su cama y respiró profundamente. Todavía faltaba otro muslo, las nalgas no se podían malgastar y el abdomen tenía partes que se podían aprovechar. Si no terminaba su labor esa noche, al otro día el cuerpo se echaría a perder. No podía desperdiciar la comida de esa manera. ¡Tantos niños muriendo de hambre en los lugares más recónditos de África y él pensando en tirar un buen pedazo de carne a la basura! ¡Era inaudito! ¡La flojera y la mediocridad no eran una opción!

Encendió nuevamente su pipa de crack y volvió a tomar su hacha.

LA COCINA

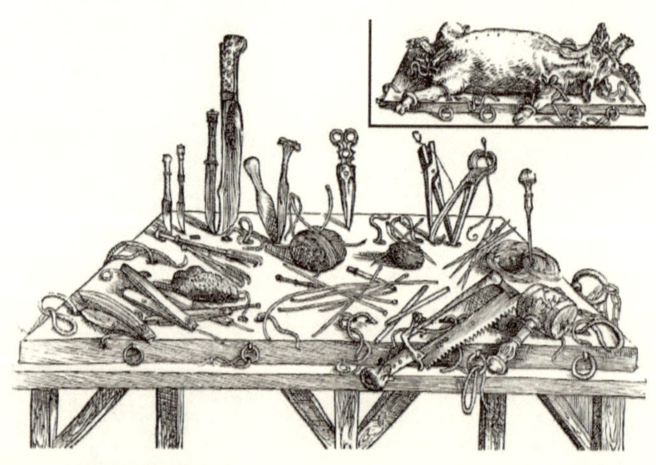

Albert Fish abrió la puerta del frigorífico y revisó con detenimiento la comida que aún le quedaba. Adentro, había una serie de cortes empacados en un papel marrón que se había llenado de la escarcha de nieve que producía la antigua nevera traída de Francia a principios de siglo. Todo había sido ordenado cuidadosamente, por lo que Albert no tenía que revisar cada pieza para identificarla. Era un día especial, así que tomó varios sobres de papel y los acumuló en su regazo con una emoción difícil de disimular. La pequeña Grace era una presa que había deseado por muchos meses y por fin había llegado el día de saborear su piel tierna e inocente.

Habían pasado más de treinta años desde que su amigo, el capitán John Davis, le habló del portentoso sabor y la suave textura de la carne de los niños de las calles de Hong Kong, por allá a finales del siglo pasado, cuando el hombre había quedado atrapado en la milenaria ciudad y había tenido que comprar comida de contrabando en las carnicerías donde era común encontrarse piernas cercenadas y cabezas de infantes secuestrados por comerciantes inescrupulosos que se aprovechaban de la hambruna para enriquecerse con la vida de jovencitos olvidados. Aún recuerda la cara de placer de John cuando describía la delicadeza de los cortes, los cuales eran suavizados con golpes en sesiones de tortura culinaria para satisfacer las necesidades de la clientela. Desde entonces, siempre había sentido curiosidad por probar ese sabor prohibido y pecaminoso. Había acosado a varios niños, pero nunca se había atrevido a dar caza definitiva a sus presas. Pero, entonces, conoció a Grace.

Era mayo de 1925 y Albert atendió el anuncio en el periódico de un hombre de dieciocho años que buscaba abrirse camino profesional en la ciudad. Naturalmente, Fish tenía la intención de raptarlo para saciar sus anhelos caníbales, pero en cuanto entró a la casa del joven, se obnubiló con la presencia de su pequeña hermana. Era como si la divina providencia le hubiera enviado un regalo que superaba todas las expectativas que alguna vez había tenido. Una niña de diez años que se sentó sobre sus piernas y le saludó con un tierno beso en la mejilla. Su mirada denotaba una inocencia hipnotizante que resultaba particularmente atractiva a los ojos del cazador, quien en ese preciso momento decidió cambiar de presa. A diferencia de las veces anteriores, en esta ocasión Fish se aproximó con cautela. Dedicó varios días a ganarse la confianza de la familia de la pequeña Grace hasta que un día le permitieron ir con ella a una fiesta. Entonces, la llevó a una casa abandonada donde tenía todo preparado para robarse su vida de forma definitiva.

Y ahora estaba allí, en la rústica cocina de su casa neoyorkina disponiéndose para la preparación de su manjar anhelado. Tomó los cortes del estómago, previamente salteados, y los picó en pequeños trozos que puso dentro de una refractaria metálica embadurnada en mantequilla. Preparó una mezcla de cuadros de cebolla, zanahoria, nabos y apio, la cual condimentó con sal y pimienta. Mezcló todos los ingredientes hasta que adoptaron el aspecto de un suculento estofado que fue a parar al horno que Fish había puesto a precalentar minutos atrás.

Mientras el plato principal se cocinaba, tomó las mejillas mutiladas de la niña y las abrió para cortarlas en tiras. Su amigo, el Capitán Davis, le había contado que esa parte del cuerpo tenía un sabor que le resultaría inolvidable a cualquier mortal, similar al del tocino; por lo que decidió hacer cortes similares, los cuales puso a asar acompañados de ajo en una vieja sartén que había heredado de su familia disfuncional. Quince minutos después, la carne ya estaba en su punto, pero la preparación no había terminado, pues la receta demandaba que luego de ser rostizada, la carne debía ser cocinada en una olla con agua y cebollas, lo que le daría un sabor jugoso y llevaría la sazón a su punto perfecto. Entonces, tomó los restos de la pequeña Grace junto a cuatro cebollas y los batió en un caldero con una gran cuchara de madera, tal como su viejo amigo antropófago le había enseñado. A medida que pasaban los minutos, el apartamento entero había dejado ese particular olor a humedad y Fish comenzaba a experimentar los cándidos aromas que solían fraguarse en las cocinas más exclusivas de todo el planeta. El estofado dentro del horno ya había adquirido sus tonos ocres y las fibras de las mejillas de Grace se habían recogido con el calor del consomé de cebolla.

Todo estaba casi listo. Solo faltaba el acompañante, un modesto arroz blanco que no le quitaría ningún protagonismo a la pequeña Grace y que pasaría desapercibido ante la magnificencia de las carnes tiernas sazonadas con simpleza, pero con elegancia. Fish tomó otra olla donde puso dos tazas de agua por una de arroz a fuego medio. Veinte minutos después, los granos se habían impregnado del líquido y habían adquirido su característico aspecto. En ese momento, el horno hizo sonar su campana característica y las papilas gustativas de Albert se humedecieron con cantidades ingentes de saliva. Por fin, luego de años de anhelos y fantasías, iba a probar el sabor de un ser humano inocente y tierno. Sacó la refractaria metálica y se maravilló con el olor que indicaba que el plato había llegado a su punto exacto. Acto seguido, apagó la estufa del caldero y con la cuchara de palo batió por última vez el consomé. Su entrada estaba terminada. Las mejillas que alguna vez habían albergado las golosinas más dulces, ahora le habían dado gustillo a una sopa de cachete, cuyo sabor seguramente podía competir con los platillos más exclusivos del Boulevard St. Germain en París. ¿Qué tenían de envidiable las recetas de aquellos chefs reconocidos mundialmente, si él podía preparar platos únicos con el alma de un ángel sazonado con la maldad más pura?

Albert Fish estaba maravillado con el resultado de su alta cocina. Era momento de exaltarlo con un emplatado digno de los alimentos más gloriosos.

EL EMPLATADO

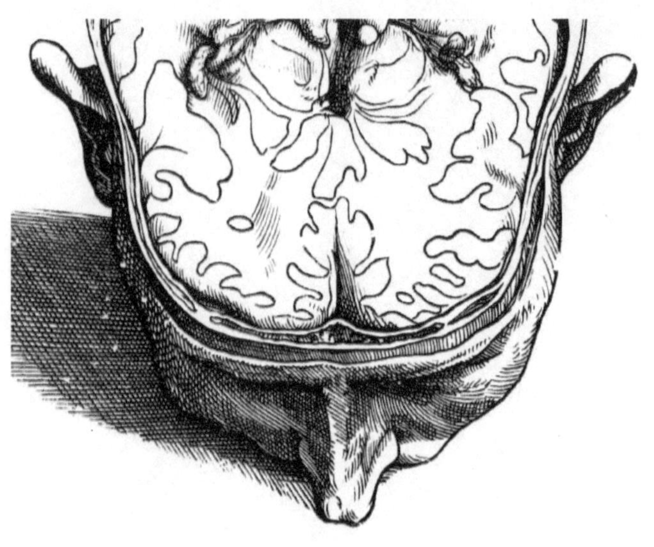

La válvula de la olla no soportó por más tiempo la presión y se levantó con violencia, lo que permitió la liberación de grandes cantidades de vapor. Pronto, las ventanas de la casa se empañaron, mientras un sonido ensordecedor recorría las habitaciones. Juan Carlos Hernández despertó de su siesta y se volteó para ver a su esposa, Patricia Martínez, a la que había conocido años atrás en un restaurante.

La cocina siempre los había unido. Desde el momento de su enamoramiento, en medio de una orden de tortillas, hasta que montaron su puesto de comida callejera en Ecatepec de Morelos, uno de los municipios más peligrosos del Estado de México. La familia se construyó alrededor de la gastronomía y en la actualidad, como siempre, la comercialización de alimento les permitía seguir pagando las facturas y mantener la fachada de una vida normal.

Juan Carlos se levantó de la cama y corrió para apagar el viejo fogón de gas que habían adecuado para suplir la demanda de los clientes que, además, eran sus propios vecinos. Personas trabajadoras que tuvieron que habituarse a las inclemencias sociales de un territorio que fue y sigue siendo testigo de la degradación de los delincuentes y el recrudecimiento de la violencia. Detrás de él, Patricia se acercó con la lentitud propia de quien todavía no se ha recuperado completamente de su letargo.

—¿Ya está la carne?

—Sí. Ve sacando la mesa. Nada más no vayas a recibir pedidos. Espérate a que yo salga.

—Órale.

Patricia bostezó y estiró sus brazos. Tomó una de las mesas de madera que reposaban en la sala de la casa y salió. Juan Carlos se aseguró de que la olla ya hubiera expulsado todo su vapor y entonces la abrió con sumo cuidado. Un aroma delicioso bañó la cara del hombre, quien cerró los ojos para permitir que el olor lo transportara a los jardines más celestiales que podrían ser imaginados. Sin importar las veces que hubiera repetido el procedimiento, el resultado siempre le resultaba igual de placentero. No era particularmente egocéntrico, pero se sentía orgulloso de poder convertir algo que él consideraba despreciable en una auténtica pieza de arte culinario, capaz de satisfacer las necesidades básicas de su clientela habitual.

El maíz también estaba listo. Pasó su mano por los granos y se deleitó con su suavidad. La solución de cal en la que eran cocidos permitía que la cáscara fibrosa que los recubría fuese eliminada, de manera que, al cocinarlos en agua por segunda vez, estallaban para liberar las partículas que darían su sabor característico al consomé que se había instituido como la especialidad de la casa.

El pozole es una preparación tradicional mexicana que se ha sabido mantener vigente a través de los siglos, sobreviviendo a la invasión de los ejércitos españoles, al exterminio de los pueblos prehispánicos y a la mezcla de las culturas que dejó como resultado un particular mestizaje del que hoy en día millones se sienten orgullosos. El caldo de maíz siempre fue acompañado de carne de distintos animales que variaban según la región donde se cocinaba el plato.

Un pollo, un cerdo e incluso un tepezcuintle podían complementar la preparación milenaria. Sin embargo, Juan Carlos y Patricia tenían un ingrediente mucho más exclusivo que ningún restaurante de Ecatepec podía ofrecer.

Juan Carlos sacó un colador de la despensa y vertió el contenido de la olla a presión hasta que el líquido se fue a las cañerías y los trozos de carne quedaron completamente secos sobre la malla de plástico. Encendió el gran caldero donde estaba el caldo de maíz y depositó los restos de Nancy para luego mezclarlos con delicadeza durante pocos minutos. Tomó una pequeña cuchara con la que dio una pequeña probada de su preparación. Tal como lo esperaba, el sabor era perfecto, casi como si el miedo y la desesperación que su última víctima sufrió horas atrás se hubiesen convertido en un condimento exótico, propio de las cocinas étnicas más recónditas del mundo.

Patricia entró nuevamente a la casa y se dirigió al refrigerador, abrió la puerta y sacó un gran cuenco que contenía rábanos tajados, trozos de lechuga, limones picados y unas tostadas de tortilla de maíz que había preparado en la mañana.

—Don Ernesto ya preguntó por la comida.

—Dile al viejo pendejo que se espere —respondió Juan Carlos mientras ajustaba la intensidad de la llama.

La mujer se llevó el cuenco junto a un mantel de cuadros azules y blancos que reposaba sobre el alfeizar de la ventana. Juan Carlos volvió a quedarse solo en la cocina, buscando el punto exacto en el que debía apagar el fogón, como si de un experimentado alquimista se tratara.

—¡Apúrale, mijo! —gritó Patricia desde afuera— ¡Nos están esperando!

—¡Ya, mujer! ¡Ya!

El hombre se dio un último sorbo, se volvió a maravillar y apagó la estufa. Tomó dos toallas pequeñas, las enrolló en las manijas de la olla para evitar quemarse y levantó el caldero con esfuerzo. Se dirigió hacia afuera de la casa, donde le esperaban varias personas que acostumbraban a comprarle, más por costumbre que por la calidad de los alimentos.

—¡Aguas, aguas, que está caliente!

—¡Mire nomás que pozololote! —dijo ansioso uno de los comensales.

—Ya le sirvo, don Ernesto. Nomás déjeme alistarlo.

Patricia tomó una taza y se la pasó a su marido. Luego agarró un plato donde puso una porción de lechuga, la cual mezcló con los rábanos picados, de manera que se vieran estéticamente atractivos. Finalmente, tomó las tortillas y los limones y los organizó cuidadosamente para que no se mezclaran con los vegetales. Al mismo tiempo, Juan Carlos revolvió su gran cucharón dentro del caldero, ocasionando que el vapor se agitara y los clientes pudieran oler la receta.

—¡Ni se imagina las carnitas de este pozole, don Ernesto!

Sirvió tres cucharadas del consomé en la taza, cuidándose de poner una cantidad generosa de carne y de maíz. Después, tomó una servilleta y limpió las salpicaduras del recipiente para darle el mejor aspecto posible. Patricia le alcanzó el plato, el cual había sido dispuesto de manera que la taza encajara perfectamente. Y entonces la primera venta del día estaba lista. El emplatado era fundamental para complementar el sabor de la preparación, pues la idea era que el comensal se sintiera atraido por el aspecto de su comida.

—Aquí tiene su plato, don Ernesto. ¡Provecho!

Cada atardecer, de manera religiosa, los cocineros encarnaban el papel sagrado de los chamanes prehispánicos que preparaban un caldo de maíz especial mientras

celebraban los sacrificios ofreci-
dos a las deidades ávidas de cora-
zones puros.

Al final, Patricia y Juan Carlos
no hacían más que recuperar sus
raíces.

LA CENA

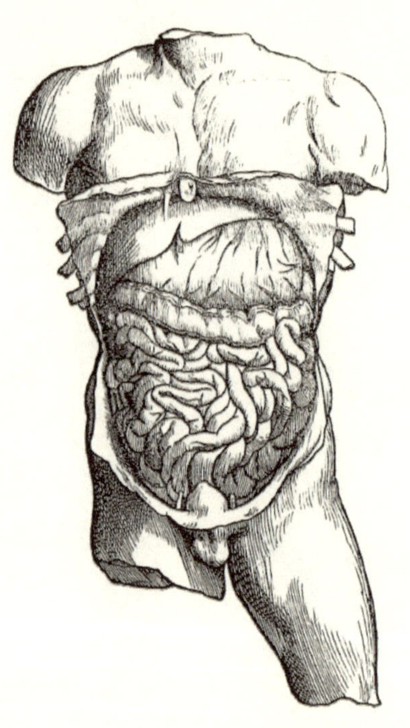

Dorángel Vargas terminó de servir la sopa debajo de aquél puente de San Cristóbal. La noche estaba templada, hacía calor, pero la estructura subterránea de la construcción permitía la entrada de unas corrientes de viento que refrescaban al hambriento habitante de la calle.

Era su primera vez preparando un plato de ese tipo. Había acechado a Cruz Moreno por varios días, mientras desde su guarida lo veía construir su propia casa en un terreno baldío de la ciudad venezolana. En cuanto tuvo la posibilidad se acercó para hablarle y se deleitó con sus jugosas piernas y su torso bien formado. Pasadas las semanas, aprovechó un descuido del hombre y se lo llevó a su cueva urbana donde experimentó las posibilidades que ofrecía la inmensa cantidad de partes que tenía el cuerpo humano para el consumo.

Primero hizo una sopa con las orejas. Los tejidos expidieron un sabor ligeramente amargo, pero al intentar masticarlas, se dio cuenta de que eran imposibles de digerir, por lo menos para una dentadura como la del ser humano. Por mucho que lo intentó, la estructura cartilaginosa nunca dejó de conservar su solidez, por lo que terminó dejándolas en una bolsa de basura dispuesta para los deshechos. Luego, quiso hacer remembranza de las costillitas de cerdo utilizando las manos del cadáver. Valiéndose de un cuchillo oxidado y una piedra, mutiló las extremidades y las rostizó en una parrilla armada con piedras y planchas metálicas recicladas. Incluso se permitió sazonar un poco el corte siniestro, pero cuando se dispuso a consumir el platillo, se decepcionó por su extrema dureza y la poca cantidad de carne que resultó de la pieza. Entendía que los dedos y las uñas no se podían ingerir por completo, pero creía que la base de las palmas tendría jugosos trozos con un sabor inigualable. Estaba equivocado.

Comenzaba a frustrarse, había construido grandes expectativas alrededor de la posibilidad de ingerir a una persona, pero se había dado cuenta de que nuestro cuerpo no era tan apto para el consumo como pensaba. Sin embargo, quedaban muchas partes por delante y era menester apresurarse, pues ante la ausencia de un refrigerador para conservar la carne, era necesario consumir cuanto antes la mayor cantidad de comida, evitando que comenzara a podrirse y a ser digerida por los gusanos.

Dorángel pensó entonces en los gusanos. ¡Qué suerte tenían! Dios los había diseñado sin mucha complejidad. No eran exigentes con el sabor o la composición de sus platillos. Podían comerse los restos de una vaca, un perro o un hombre por igual y todos les resultarían suculentos, independiente del tiempo que llevaran descomponiéndose. Era como si fuera exclusivo de ellos el placer de la antropofagia.

Pero no desfalleció. Estaba seguro de que Cruz tenía mucho más para ofrecer y entonces cortó sus muslos y los fileteó en delicados cortes que sazonó con un poco de sal que le habían regalado en un minimercado del vecindario. Los dispuso en su parrilla improvisada y se los sirvió en un plato de cartón que había sobrevivido las inclemencias de la calle. Vargas abrió las puertas de plástico de su refugio y se adentró emocionado porque presentía que esta vez sí podría satisfacer sus ansias culinarias. Se sentó cruzando sus piernas y se permitió oler la carne asada. Un aroma inigualable salía del platillo, nunca había olido algo así. Recordó los hedores insípidos de las raciones del manicomio y se regocijó en la dicha de la sazón de la muerte.

Tomó el trozo entre sus manos y se lo llevó a la boca casi que con protocolo, como si el acto de comer fuese una especie de rito santificado que merecía un alto grado de solemnidad. A diferencia de las orejas, los muslos cedieron ante la fuerza machacante de los dientes del esquizofrénico. Entonces, la gloria se transformó en sabor y comenzó a recorrer la boca de Dorángel, quien no pudo evitar la exclamación de un gemido de placer auténtico. La carne era suave. Los tejidos se separaban de forma fluida, lo que facilitaba su consumo. En cada mordisco, jugos llenos de sabor emanaban del pedazo y bañaban las papilas gustativas del comensal. El líquido tenía una textura aceitosa que ningún otro alimento podía ofrecer. Un elixir divino que lo transportó a los jardines del paraíso más idílico que cualquier hombre podría imaginar. A sus ojos, era tan suculento como comer peras. El sabor tenía propiedades regresivas. Lo llevó a sus otras vidas, allá donde era más exitoso y más feliz. Supo eliminar de forma parcial las voces de los muertos que acechaban su cabeza y por un momento erradicó los atisbos de locura que habían determinado el curso de su existencia desde que era tan solo un adolescente.

Parecía imposible que un pedazo de comida tuviera la capacidad de subvertir el curso de la vida, pero los muslos de Cruz lograron que Dorángel no sintiera más envidia de los gusanos. Lograron que el rancho debajo del puente se convirtiera en una mansión lujosa y que, por un momento, el cielo de San Cristóbal abriera sus puertas y permitiera que la gracia se postrara sobre los ojos del indigente para convertirlo en un santo que ocupaba su merecido lugar a la mano derecha del Creador de cuanto habitaba la Tierra.

Desde entonces, cualquier plato palideció frente al gustillo inigualable de la vida humana. Dorángel Vargas comió arroz, patatas y una que otra hortaliza; pero nada podía siquiera acercarse a ese sabor celestial que lo había extasiado días atrás. Pensó entonces, que así como Dios había creado las plantas para hacer ensaladas, los granos para hacer acompañantes y las frutas para hacer bebidas, también creó al hombre con una sazón inigualable con el fin de que pudiese ser disfrutado en los banquetes más exclusivos del mundo y de la historia.

¡Pasen a manteles! ¡La alta cocina de San Cristóbal les invita a probar las preparaciones más sofisticadas del Comegente! ¿Qué parte de su propio cuerpo van a querer degustar en la velada de hoy?

LA SOBREMESA

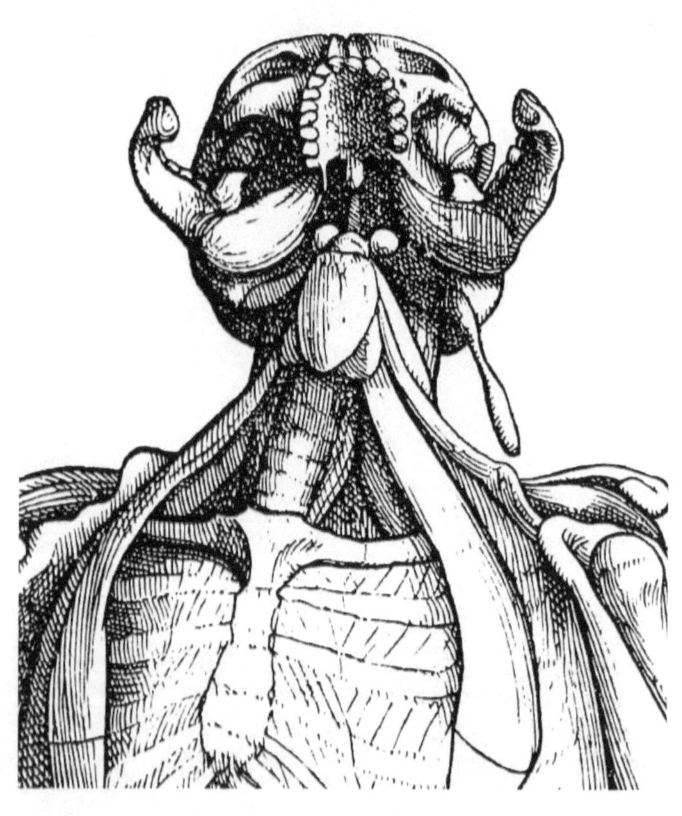

Armin Meiwes puso los cubiertos de forma transversal sobre el plato de porcelana completamente vacío. El tenedor estaba boca arriba, de la misma forma en que había puesto el filo del cuchillo. Había aprendido que esta era la manera correcta de comunicarle al chef que la cena había sido satisfactoria. Era su forma particular de felicitarse por alcanzar estándares inigualables de calidad y cumplir su anhelada fantasía luego de tantos años de indecisión y nerviosismo.

El silencio que reinaba en el comedor de su casa en Rotemburgo, contribuía a la sensación de paz interior que ahora sentía. Su existencia se había definido por la búsqueda de ese fruto prohibido, el cual había podido conquistar gracias a las pesquisas cibernéticas y a la suerte de coincidir con otra alma ansiosa por explorar las mieles de la gastronomía clandestina: Bernd Jürgen Brandes, un ingeniero berlinés que parecía enviado como una respuesta de los dioses a sus plegarias y que ahora le miraba fijamente a los ojos a la luz de las velas.

—¡Ah, Bernd! ¡Qué tremenda velada! Has sido un compañero de cita encomiable.

—De ninguna manera, Armin. Todo esto ha sido posible gracias a ti.

—Difícilmente voy a olvidar estos diez meses de compañía. Cada desayuno, cada almuerzo, cada cena, incluso cada tentempié. Todo fue memorable.

—Por favor —respondió Bernd con timidez—. Ahora me estás sonrojando deliberadamente, querido.

Más bien cuéntame cuál fue tu platillo favorito.

Armin se reacomodó en la silla del comedor. Estiró sus pantalones y corrió la vajilla de la mesa para poder extender sus brazos con tranquilidad.

—¡Oh, Bernd! Mi paladar se extasía con el mero hecho de recordar cada preparación. No sabría elegir un ganador.

—¡Armin! —el ingeniero rio con picardía—. ¡Vamos! Tienes que elegir uno.

Meiwes recostó sus codos sobre la mesa y se tocó el mentón

con solemnidad. El silencio de Bernd alimentó la expectativa de la respuesta. Por unos segundos, los sabores viajaron a través de la memoria de Armin para convertirse en imágenes inefables que evocaban las sensaciones más placenteras e incluso los sentimientos más puros que un ser humano puede experimentar. Fue inevitable cerrar los ojos para que la mente pudiera desconectarse de la realidad anodina y culminar la reconstrucción de sus reminiscencias gastronómicas.

—Bueno, como te decía, es difícil elegir. Pero ya que insistes, creo que definitivamente me quedo con la espalda.

—¿Con la espalda?

Bernd soltó una carcajada difícil de controlar. No esperaba esa respuesta, pues la espalda no solía ser un corte particularmente atractivo entre los comensales conocedores del tema. El ingeniero observó a su interlocutor con una sonrisa un tanto irónica.

—Sí, sin lugar a dudas —Meiwes se echó para atrás de forma relajada—. Piénsalo. Estuve treinta años esperando ese momento. ¡Treinta años! La mayoría de mi vida, ¿sabes? Nunca pude disfrutar totalmente nada. Recuerdo que de pequeño, cuando jugaba con mi amigo imaginario, siempre sentí la frustración de no poderle tocar. Luego, cuando mi papá nos abandonó, me dolía no poder tener una familia normal como mis compañeros de escuela. Traté de refugiarme en los libros, en los juegos y en las películas —Armin guardó silencio por unos segundos—. Y allí fue donde todo cambió.

La sonrisa de Bernd desapareció.

—Un día, en la TV —continuó Meiwes—, estaban dando una adaptación cinematográfica de Robinson Crusoe. Ya sabes, la novela de Daniel Defoe —Bernd asintió—. El caso es que hay un momento de la historia en el que los protagonistas se enfrentan a unos caníbales. El director se preocupó por mostrarlos como unos salvajes sin razonamiento. Pero donde el público general vio barbarie, yo encontré una belleza inconmensurable. Una libertad que pocas personas en el mundo podían tener. Una libertad de la que yo mismo estuve privado hasta que murió mamá.

Armin se inclinó y volvió a poner sus codos sobre la mesa para acercarse a Bernd. Le miró fijamente a los ojos y siguió hablando, esta vez con un tono de voz suave que volvió más persuasivas sus palabras.

—Tenía doce años, Bernd. Doce años. ¿Qué pensabas tú cuando tenías doce años? ¿Qué piensa el alemán promedio a esa edad? —Hizo una pausa intencional para remarcar las hipotéticas respuestas—. Desde entonces, nunca pude sentirme completo, ¿sabes?

El resto de la escuela para mí fue como una suerte de letargo. Las fantasías eran cada vez más fuertes, pero, con ellas, crecía también el miedo a volverlas realidad. Ya sabes —Señaló hacia arriba con el índice—, Dios. Era consciente de que mis deseos eran una abominación para la fe de la religión con la que nos criaron. Incluso llegué a dudar sobre si debía rezarle a Él o al mismísimo diablo. Y así continuó mi vida, limitado, condicionado. Reducido a ser un autómata en el ejército y más adelante en las distintas salas de informática donde trabajé.

La mirada de Armin se desvió hacia la nada. Guardó silencio nuevamente y sus cejas se recogieron al tiempo que su mandíbula se tensionó marcando todas las facciones de su cara. Pronto, la energía negativa se disolvió, el ceño volvió a relajarse y sus ojos se encontraron nuevamente con los de Bernd.

—Pero entonces te conocí a ti —Sonrió—. Y mira hasta dónde llegamos. Mira dónde estamos.

Bernd suspiró y sonrió de vuelta. Luego acarició la mano de Meiwes.

—La verdad es que sí hemos logrado algo especial. Muy pocos en el mundo han tenido la suerte de experimentar un vínculo como el nuestro.

Armin secundó la caricia con su otra mano.

—Y todo empezó con ese bocado.

Bernd rio con ternura.

—¡No, querido! ¡Todo empezó con tu mensaje en el Café Caníbal! Si yo no hubiera respondido ese post, no estaríamos aquí.

—Sí, sí. Pero me refiero a que la verdadera eternidad de nuestro vínculo se gestó con ese primer mordisco, ¿no crees? —Armin se echó para atrás nuevamente y adquirió un tono explicativo. Piénsalo. Cualquier pareja de enamorados vive experiencias comunes que forjan su relación. Sin embargo, cuando se acaba el amor y se separan, no queda más que el recuerdo de lo que fue. Nosotros, por el contrario, estamos unidos para toda la eternidad. Desde aquel primer bocado, tú eres parte de mí. Prácticamente somos uno solo y no hay absolutamente nada en el mundo que pueda cambiar eso. De hecho, religiosamente nos encontramos en este comedor para consumar nuestro ritual de unión una y otra vez. Todo el desapego con la vida que sentí desde que tengo memoria, se esfumó con ese primer bocado. Este comedor se convirtió en nuestro hogar y esta mesa en nuestro lecho. Míranos. Aquí estamos, como hace diez meses... juntos.

—Juntos.

Ambos se miraron mientras esbozaban una sonrisa sutil. El cuerpo de las velas comenzó a extinguirse y, pronto, el comedor quedó a oscuras. Durante el resto del encuentro nadie más volvió a musitar palabra. El silencio resultó mucho más íntimo.

Pasadas unas horas, Armin Meiwes se levantó, recogió la mesa y llevó el plato solitario a la cocina.

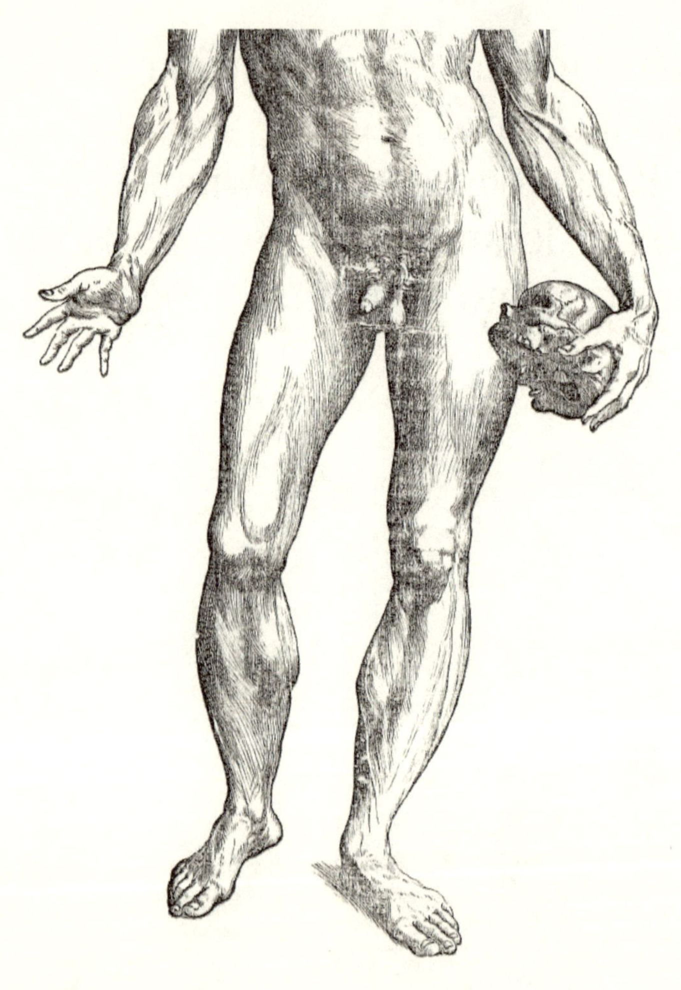

EL POSTRE

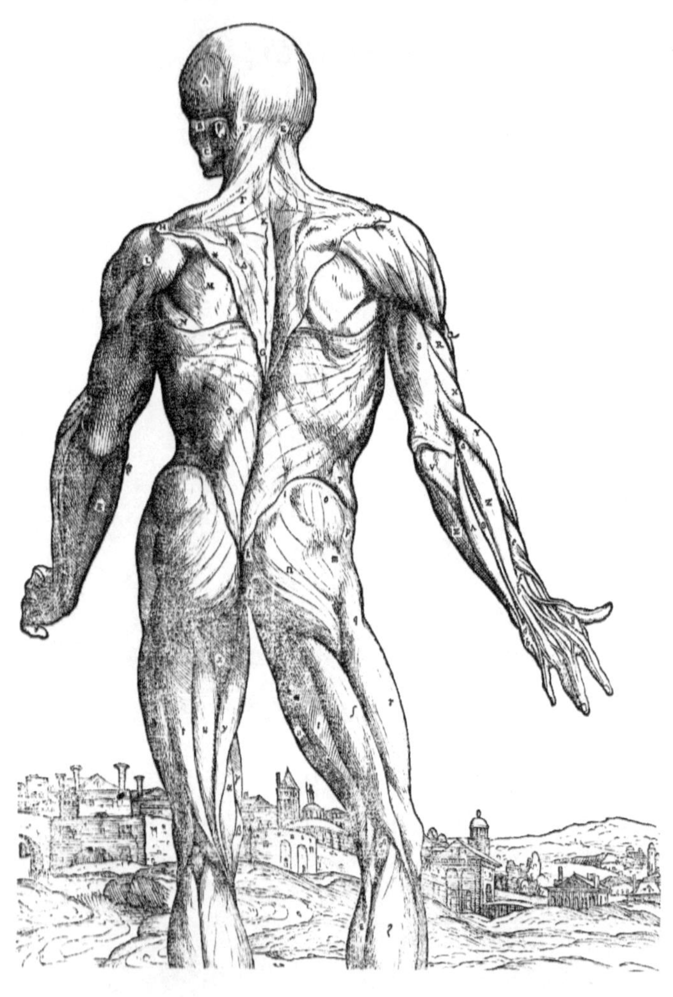

Nunca me había detenido a pensar en ello. Era apenas un adolescente inmaduro y muy ingenuo. Andaba por la vida sin preocuparme por nada más que por librarme del tedio con el ocio más pueril. Lo tenía todo: amigos, una familia funcional, buenas notas en la escuela y la posibilidad de disfrutar al máximo de mis hobbies favoritos. Pero como si se tratara de una bomba que explota sin aviso en medio de la cotidianidad, cuando prendí la televisión aquel 28 de julio de 2015, mi vida jamás volvió a ser la misma.

El noticiario abría sus titulares con imágenes de ella siendo custodiada por la policía. Se le veía cándida, muy tranquila. Seguía las indicaciones de sus captores, caminaba con parsimonia y sonreía ante las cámaras. No había pensado mucho en ella desde que nos mudamos de la Calle Dimitrov, cuando yo aún no cumplía la mayoría de edad. Siempre fue una vecina particular. Mis padres hablaban de ella con condescendencia, afirmaban que su comportamiento extraño se debía a que su esposo la había abandonado y a que nunca pudo tener hijos, por lo que todos nos acostumbramos a verla deambulando descalza por el jardín cubierto de nieve y no nos sorprendía cuando salía al supermercado durante las horas más oscuras de la noche.

De cualquier manera, la bomba que explotó en mi cabeza se remite a un único recuerdo que desde entonces martilla mi cabeza ininterrumpidamente, impidiéndome escuchar incluso mis pensamientos más profundos.

Era primavera. La nieve se estaba terminando de derretir y todas las calles del barrio eran barriales malolientes que exponían una mezcla pavorosa de blancos y marrones a los que ya estábamos acostumbrados. Cuando salimos de la escuela, mis amigos y yo perdíamos el tiempo escuchando un poco de música americana del nuevo milenio, algo que siempre era señalado por mi papá como un verdadero privilegio que su generación nunca tuvo antes de la caída del muro.

Daban las cinco de la tarde y cuando estábamos por poner un nuevo CD, la vimos salir de su unidad de departamentos con una gran bolsa de basura negra que dejó en el contenedor para luego acercarse hacia nosotros con la misma parsimonia. Mis amigos se miraron entre ellos, se despidieron y se esfumaron de la calle como si hubieran visto un espectro. Era claro que sus padres también les habían hablado de ella, pero donde ellos sentían miedo, yo, en realidad, y en medio de mi ingenuidad, sentía lástima. Por eso, cuando se acercó, fui el único que quedaba allí para responder su saludo y su invitación.

—¿Y tus amigos? —preguntó con inocencia absoluta.

—Tenían tareas que hacer —respondí luego de unos segundos, tratando de excusarlos para que ella no se sintiera mal.

—Qué lástima —dijo luego de bajar la cabeza—. Pero ellos se lo pierden.

Puso sus ojos sobre los míos y espetó una sonrisa que marcó sus mejillas arrugadas y que me intimidó de inmediato. Había algo en su mirada que me ponía tremendamente incómodo. Era oscura, completamente nebulosa y profunda. Toda la lástima que sentía por ella se esfumó en ese momento y la verdad es que deseaba haberme ido a casa como mis amigos.

—Quiero darte a probar algo. ¿Cómo es tu nombre?

—Andréi —respondí obnubilado por su mirada— Andréi Kuznetsov.

Su sonrisa se convirtió en una carcajada.

—¡Andréi! ¡Qué nombre más hermoso! Mi favorito, sin duda.

Mi madre odiaba mi nombre. Cuando me lo puso en los años ochenta, jamás se imaginó que se popularizaría internacionalmente cinco años después luego de que las autoridades capturaran a Andréi Chikatilo, el peor asesino serial de la historia de nuestra patria.

—Andréi —continuó—, mi nombre es Tamara. Es un gusto conocerte.

Te he visto por el barrio en muchas ocasiones.

—Igualmente, señora Tamara —respondí empujado por los modales que me habían enseñado en casa—. También le he visto por ahí.

—Qué bueno, Andréi. Eso quiere decir que no somos desconocidos. Así que no te va a sonar raro que te invite a casa para que pruebes lo que tengo para ti.

Mi primer impulso fue negarme, huir de ahí. Había algo que me incomodaba, que incluso me asustaba. No sabría explicar por qué, pero comprendía perfectamente lo que sentía.

—Claro, ¿por qué no? —respondí como si fuera otra persona distinta a la que habitaba mis pensamientos en ese momento.

—¡Excelente, Andréi! ¡Vamos a casa! —respondió con una mueca que parecía más propia de una niña caprichosa que la de una anciana afable.

Llegamos a su casa y terminé de comprobar la terrible idea que había tenido al aceptar su invitación. Cuando abrió la puerta, un fuerte golpe de olor putrefacto nubló mis sentidos y me adormiló en el acto.

Por eso, cuando retomé la compostura, ya me encontraba recorriendo la desordenadísima sala que estaba adornada por un papel tapiz con una textura de rombos azules y beiges venidos   a menos. Sobre el sofá había prendas de ropa que olían a húmedo y algunos baldes sucios amontonados en una gran pila.

—¡Perdona el desorden, Andréi! No he tenido tiempo de limpiar la casa —dijo con vergüenza honesta. Luego quitó unas revistas de la silla y me invitó a sentarme en un pequeño comedor—, pero sigue, toma asiento. El plato ya está listo.

Sigo sin entender por qué me senté. A veces hacemos cosas sin ninguna explicación, como si fuéramos presos de la situación y nuestro subconsciente decidiera ir con la corriente para evitarnos sobresaltos. Cualquier persona en mi lugar hubiera aprovechado para salir corriendo de aquella casa nauseabunda en cuanto Tamara se perdió en el umbral de la cocina, pero yo, en cambio, me senté e incluso ayudé a limpiar el comedor para recibir el platillo prometido. Ni siquiera reparé en las hojas que había sobre la mesa, aunque recuerdo que, aunque algunas estaban escritas en ruso, la mayoría estaban en americano y otros idiomas que jamás pude entender. Entonces, en medio del fétido olor que invadía el lugar, un aroma de placer comenzó a abrirse camino hasta mis fosas nasales. Era sublime o por lo menos, se sentía sublime en medio de la ignominia que confluía en su hogar.

—¿Estás listo, Andréi? —gritó desde la cocina, mientras el dulce aroma se hacía cada vez más fuerte a medida que ella se acercaba.

«Estoy listo» pensé, como si aquel bálsamo me hubiera inyectado valentía en medio de la zozobra. Como si en sí mismo hubiese constituido un premio suficiente luego de toda la incomodidad y el miedo ocasionado por la situación.

Y ahí fue cuando apareció ante mis ojos.

En sus manos había un plato inmaculado que contrastaba de forma estridente con el resto de su casa. Era de cerámica fina y contenía unas rodajas de piña que de inmediato identifiqué como el origen de tan delicioso olor. Sin musitar palabra puso el plato sobre mi mesa y dio un paso para atrás sin quitarme la mirada de ilusión y expectativa. Pude detallar la preparación y me di cuenta de que la piña había sido asada a la parrilla y caramelizada con un líquido marrón humeante que me llevó a los estadios más placenteros que alguna vez había experimentado.

El aroma era tan fuerte ahora, que me hizo olvidar cualquier sensación negativa que había sentido hasta ese momento. Frente a mis rodajas de piña hubiese podido estar en medio de un campo de batalla, en medio de las estepas rusas durante el invierno o durante los regímenes más implacables de nuestra historia y nada hubiera importado. Todo hubiera palidecido frente a la espectacularidad de aquel plato que empecé a devorar sin que se me hubiera comandado. Nula fue mi sorpresa al sentir la plenitud absoluta en mi paladar. La gloria gastronómica en cada bocado que refrendaba y multiplicaba la dicha que había recibido a través de mi sentido del olfato. La piña cocinada se disolvía en mi boca y recorría todas y cada una de mis papilas gustativas brindándoles la sensación de que se habían preparado toda mi vida para ese preciso instante. El caramelo que bañaba cada rodaja era el responsable de tan inefable gloria y ahí fue cuando mi cerebro me sacó del éxtasis con una pregunta que hubiese deseado no haber hecho jamás.

—¿De qué es el caramelo?

—De carne —respondió con orgullo.

Aunque la respuesta me desconcertó, continué disfrutando del platillo.

—¿De carne?

—Es una reducción de una carne muy especial que conseguí específicamente para esta preparación. Todo lo que hice fue tomar el caramelo y un poco de esta carne desmenuzada, los puse a fuego muy fuerte para que el caramelo hirviera, de manera que ganaría cuerpo mientras se mezclaba con las notas particulares de mi ingrediente secreto, preparado especialmente para ti. ¿Te gusta?

—Es lo mejor que he probado en mi vida —respondí mientras terminaba la última rodaja de piña.

Nunca más volví a probar nada igual. Intenté identificar el origen de la carne con una búsqueda gastronómica exhaustiva que me llevó incluso a otros países del mundo. Probé res, cerdo, pollo, pescado e incluso me aventuré a la gastronomía exótica e ilegal probando carne de león, de cocodrilo y otros animales cuyo consumo podría creerse imposible. Pero nunca nada me supo a lo que supieron aquellas piñas caramelizadas, por lo que, en aras de mi paz mental, mi cerebro decidió olvidar de forma progresiva aquel sabor divino hasta el día en el que ante mis ojos volvió a aparecer Tamara. Enviaba besos a los reporteros, sonreía y parecía vivir en una realidad distinta a la que nosotros, simples mortales, habíamos sido condenados.

Debajo de la pantalla había un titular escrito en mayúsculas sostenidas:

«CAPTURADA ASESINA SERIAL QUE CANIBALIZÓ A SUS INQUILINOS, A SUS VECINAS Y A SU ESPOSO EN SAN PETERSBURGO»

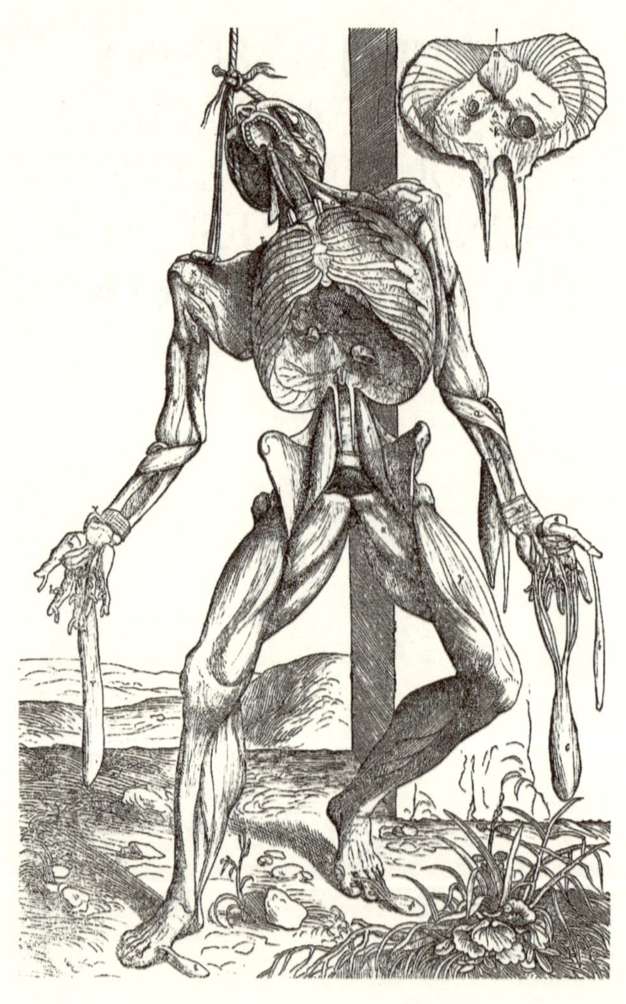

'I Am a One-Man Cultural Army'

Excerpts from a conversation with Gaddar in May 2019

When I was young my parents moved to Aurangabad from Telangana. My father was a mason and my mother was a labourer. My father took on a small project in a school that Dr Babasaheb Ambedkar was building. After work, Ambedkar would talk to all the workers and say, 'Educate your children.' Write on your walls, that 'Knowledge is everything'. My mother learned to sign her name. My sisters and brothers were all educated and settled there. When the Nizam's rule ended after police action we returned to Tupran. I lived under the shadow of my mother's pallu.[9] She was a labourer who sang incessantly. Most of my poetry springs from her songs. In Aurangabad she used to sing a Marathi song on Savitribai Phule! Whenever I went along to help her, the other women would say, 'What work will you do? Just sing to us!' And I would sing the whole day to them.

Across the whole of Bharata desa, women sing of oppression. They sing of sorrow, of work, of hardship and joy. They vent all their oppression, sorrow and protest in song. They sing of poverty and hunger, the violence of their men and the violence of caste. These are songs of resistance. There is an element of wonder in these songs. The protest is both against male dominance and against caste and class. They touch on the political, economic, social and cultural aspects of life. Women are the source and foundation, the fountain of songs in this country. They sing their feelings, their work, their grief. They speak through song. Most of my songs were influenced by my mother who sang of everything under the sun. I soon removed the Rao from my name because I was a Dalit. It was adopted only because it was the custom in Aurangabad. I studied up to the tenth class in Tupran, Medak. Even in school I used to sing and perform for every small event. I liked performing the Burra Katha.[10]

After my tenth I went to study in the Saifabad College and stayed in the Scheduled Caste Hostel near Moazamjahi Market, in Hyderabad. I did my Pre-University Course with Mathematics and then joined Engineering College. I couldn't find the time to sing; I would have to go and work for two hours in Moazamjahi Market. It took me two hours to go there and come back. I would return exhausted and just sleep. In the hostel, we were fifteen or twenty to a room and there was just one lavatory for a hundred boys. We would queue up at four in the morning for the lavatory and I would sing,

> There is one pot for a hundred boys,
> why do you want to shit?
> There are hundred worms in your rice,
> why do you still eat?

All the boys enjoyed it.

In 1969, the Telangana Movement for independent statehood began. This was the beginning of my politicization. My nephew who lived in Aurangabad sent me a book of poems by a Dalit poet, a Dalit Panther who was shot dead on the street, and asked me to read it. He said I too should write about my life but write in my own language. I should sing to my people. Meanwhile many Indian Administrative Service and Indian Police Service officers who had studied in that hostel gave me books about the Srikakulam Struggle. They would come back to visit quietly and give us books and pamphlets. They were mostly from Nalgonda and Warangal. I had also begun to briefly read Ambedkar. After 1969, I joined the Telangana Movement and I was arrested and released for protesting near the Ambedkar statue. Keshav Rao Jadhav, a Lohiaite Socialist, was my guru. He taught me English in Engineering College. He gave me Ram Manohar Lohia's writings.

After 1969 I wrote a history of Burra Katha and sent it to the State Government's Information Department. They grew interested and asked me if I would perform Burra Katha. I jumped at the opportunity to bring this form back into the public sphere. I was paid seventy-five rupees for a performance by the department. My next Burra Katha was on Alluri Sitaramaraju, a legendary Indian revolutionary from Srikakulam.

In those days, there was an Art Lovers Association started by B. Narsing Rao,[11] the filmmaker. They asked me to join their Association when they heard my performances. I joined and met Cherabandaraju[12] there. Over time, we resolved that we should to go out to the people. So we would set off on cycles and perform under trees and street lights. We performed dances, small plays and recited poetry.

But then we began to realize that people would simply listen, go back home and forget the message. We had to shape the content to appeal to them and influence them and move them to action. We were not mere entertainers.

We began to perform regularly to draw people. We adopted the costume of the folk performers but had to adapt it for convenience and durability. For instance, the shepherd's gongadi is so coarse that it would abrade the skin on our shoulders with all the dancing and jumping and so we began to use the kambali (ordinary blankets). Our dhotis got in the way of jumping and dancing so both men and women began to wear gochis, a dhoti or a sari drawn between the legs.

~

Sound has the power to capture the ear and the heart. Sound is primary. When the child is thrown out of the mother's womb its first sound is a cry saying, 'I was part of you. Why have you thrown me out?'

The mother answers, 'Now you are on your own. Go out and struggle. Life is struggle.'

~

I don't just write, I weave my songs drawing together the strands of struggles of ordinary people.

My whole life is song. The first songs are of production. Then of realization and the revolutionary struggle. My songs weave together sound and meaning in a process that is dialectical. The meaning vanishes when the context changes. My songs were instrumental in sowing the Naxalbari movement among the people. I used different forms like the Burra Katha, Jamukula Katha[13] and the Oggu Katha.[14]

In 1972, I first came into contact with the People's War

Group. I met Kondapalli Seetharamaiah, the leader of the People's War Group (PWG). He said the organization would be called the Jana Natya Mandali. We would sing of the victory of the rytu coolies (agricultural labourers), portray the true picture of village reality and be the cultural front of the People's War Group. My songs were the blueprint of the People's War policies. As a result the lyrics changed direction at this point of time.

My song 'Voli Volila, Rangula Voli'[15] was about the Girayapalli encounter.[16] You remember the four youth shot in Girayapalli forest in 1977? The encounter and public outrage which led to the formation of the Tarkunde Committee[17] and the setting up of the Bhargava Commission?[18] The song 'Lal Salaam' also came out of that moment.

I then married Vimala who had given me shelter when I was a fugitive. After my marriage, I lay low for some time. I was semi-underground during the Emergency. I was arrested, beaten and tortured for forty-five days and then released. But they said I was not arrested as they had not filed a case. I went straight to [K.G.] Kannabiran when I was released and he advised me to go home quietly and lie low. So I saved my job and continued to work in a bank which I had joined around a year before that, in 1975.

Soon after, however, I quit my job and contacted the Party. I started a cultural project. I would stay in the huts of the poor and write songs of protest. Every song was linked to a social movement. In 1980, I wrote 'Ragal Janda' ('Red flag').

'Ragal Janda' has been translated into all languages—

Assamese, Hindi, Marathi, Gujarati. It speaks of how the movement should go forward. 'Rytu Coolie'[19] was born from the heartbeat of the people. The movement had no leader; the people lead it.

In 1985, after the Karamchedu massacre,[20] I wrote the Karamchedu songs. I wandered across the countryside composing and singing. There were many days when we sat amidst the graveyards surviving on the food offered to the dead.

In 1989, I went to Dandakaranya and became a member of the military camp as a poet/singer for eight to nine months and I infused Marxist principles into my poetry. The role of the cultural movement, the Jana Natya Mandali, was that of a cultural front of the People's War Group. But there was no secretary or office-bearer. It was the sword and pen in military uniform. The City Secretary was the Commander of the cultural front. The Party could suspend or expel any member. But to be effective, a cultural front must have its own independent structure; it cannot remain a mere front.

Armed revolution is just one aspect of the struggle, it is not the whole of it; it is not the only form of liberation. The Radical Students Union, Radical Youth League and Jana Natya Mandali, which came together and started the cultural liberation movement, disagreed with Kondapalli Seetharamaiah. When Chief Minister Chenna Reddy said that Gaddar as an artiste can sing freely, I began to perform again in public. Around 1988 or 1989, K.G. Satyamurthy,[21] a powerful leader in the People's War Group, left the Party saying that the caste issue in the country was as important as the class question. I also raised the caste issue again in the Party. There was a lot of heated debate within the Party. It was simply not willing to look at the caste question.

We need a revolution in ideas. There has to be a *bhava viplavam*, a revolution of emotion. My singular achievement has been that I have brought recognition to song in the field of literature. Earlier songs were not recognized as Sahitya. The inclusion of songs and oral performance in the field of literature has been my single great achievement. That inclusion is of great significance.

Later, I started the Ambedkar Niketan Trust. I remembered Ambedkar's advice to educate children and to remember that knowledge is power. When my father was working at Ambedkar's school in Aurangabad, Ambedkar used to hold a meeting with the workers every evening saying, 'Educate your children. Send them to school. Go and write "Knowledge is Power" on the walls of your huts.' I have never forgotten that. There were so many children orphaned by police encounters bereft of an education. I wanted to provide a good education—English education— to the children of the poor.

The PWG dissolved the Jana Natya Mandali and started the Praja Kala Mandali. I became a one-man cultural army from 1995 onwards, when I was suspended for singing a couple of cinema songs for which I was paid a paltry sum; for setting up a school for poor children (Dalit children and children of comrades killed in encounters); for taking flowers to Paritala Ravi's funeral.[22] I offered flowers to L.K. Advani on the stage at an all-party meeting for a separate Telangana. Advani called out to me and asked whether I had forgotten him. This was a public stage. I do not believe in being offensive personally on a public platform. I did not seek his favours or go to his house. This was a public courtesy. I was suspended for all these reasons. So I resigned. The disgrace of this suspension has disempowered me, harmed me profoundly. My dedication, my song, my wife, my children were all destroyed by this disgrace.

On 1 April 1997, the police brought a crowd to attack me. They went to Kannabiran's house first and then came to mine. My wife, Vimala, warned me and I escaped from the back. They did not find me at home. On 6 April, they came back and shot me. I survived and recovered. One bullet stayed in me, it was too near the spine to remove. It still troubles me when I am tired or it's cold. For a whole year after that I was in Delhi for medical treatment.

I have toured the whole country. West Bengal, Assam, Maharashtra, for the Dangs, and the Narmada Bachao Andolan. I was part of different groups.

In 1998, I came to the Telangana Maha Sabha. I dedicated myself to the Telangana movement. I was part of the Ambedkarite-Phuleite movement. I wanted the Telangana Praja Front to become a political force.

Till 2016 there was a heated debate within the Party on caste/class discrimination. I wanted Ambedkarite-Phuleite ideas in the Party. But the Party insisted that they were Marxist-Leninist-Maoist.

Now I am a one-man cultural army. I added a blue flag under my red flag and began to go to the people. I work with mass organizations in Telangana, like a thread weaving flowers together. I have not joined the Bahujan Left Party, I will be a bridge between parties. My slogan is: Save the Constitution, Save India. Long Live Secularism. This is the change. The Red flag should back the Blue flag.

Yes, we have got a separate Telangana. But who rules today? Whose hands has it fallen into? We can't get a democratic Telangana. A Bahujan Telangana. We need to be a political force. It is only when there is a divorce that the truth spills out onto the streets. Until the land issue is resolved you cannot get rid of Naxalism. As long as there are rytu coolies labouring for survival, Naxalism will flourish. Development has to come from the ground.

I met Rahul Gandhi this year. I thought it was politically necessary. Once, when we were stepping out of a van, I was carrying my bag and my staff and other things. Rahul Gandhi took it from me and carried it. Then Kodand [Kodandaram[23]] turned around and said, 'Give it to me!' But till Rahul Gandhi did so he had not even thought of offering to carry my things! In some ways, imperialist lords are better than the feudal lords!

I think it is important to respect the enemy. Our fight should be ideological, philosophical, not personal. We must show respect and courtesy. When we seek alliances there is a protocol to maintain. Whether it is Chandrababu Naidu or Advani there is a courtesy that is extended on the public stage. I have had so many bitter differences with the Party but when I left I did not stoop to making personal accusations, public statements and abuse as all the others did—from Nagi Reddy to K.G. Satyamurthy. Mine remained at the ideological level, never personal.

Now I am seventy years old. For the first time in my life I cast my vote along with Vimala in the General Election in 2018. One man, one vote! That is the principle. It is not ideological compromise but adapting politically. I will continue my journey singing of the Constitution, of civil rights and of human rights in the language of the people.

As long as I have a voice…

'The People Are the Life of My Song'

*Speech delivered at Virasam Sahitya Pathashala, Warangal,
13–15 January 1979*[24]

Lal Salaam!

You want me to speak of my songs. I will tell you of
the experiences I have had which lie behind the songs. But
first, I want to pose some questions. Why are they called
songs? For whom are they being sung? And why are they
being sung?

I am the son of a coolie. My mother was a coolie. Even
today, she earns her living as a coolie. I have loved songs
since I was a child. In middle school they gave me prizes
for the small stories I told. It made my mother very happy
to see this.

From my childhood I wanted to sing and tell Burra
Kathas. Whenever I heard that there was a Burra Katha or
Bhagavatham[25] or play being performed, I'd go there, and
remain seated till dawn broke.

By and by, I stayed in a hostel for 'backward' students, as
we were called in those days. From the hostel, I would go
out for coolie work. I would do odd jobs like whitewashing
and manage to earn some money to survive.

That is when I began to sing Burra Kathas. I even sang
at Ganesh Chavithis.[26] I would take fifty or sixty rupees
and say, *'Jai bolo, Ganesh Maharaj ki!'* I earned money like
this and managed to study.

Then I joined the Ambedkar Society.[27] There they
discussed questions like 'What is caste? What is religion?'

We were made to sit and discuss these topics every day. In the beginning, I would be at a loss. But I soon realized they were saying something valuable. I then began going out with the other members of the Society to talk about caste and to sing songs that would make people aware of the problems of casteism. It was while I was doing this that I met the president of the Art Lovers Association. They were planning to hold a programme in Bolarum soon. I said I would tell a Burra Katha.

'What will you sing?' they asked.

I said I will sing the 'Sita Rama Kalyanam'.[28]

They said no Sita, no Rama; speak of something else, whether it's the Bobbili Yuddham[29] or the Palnati Yuddham.[30]

'I will sing of whatever you want.'

'Don't you know anything else?'

'I can sing of Alluri Sitaramaraju.'[31]

'Sing of that, it will be good.' So I sang of Alluri Sitaramaraju for the Art Lovers Association.

It was around that time that the members were holding discussions on the Naxalbari and Srikakulam movements, and how songs and plays and other art forms could be focused on them. They had made me a member by then, and I thought it strange. When they asked me to join their Association, I had imagined I would sing a few songs, become famous and get into films—go up in life from being a coolie.

I used to go every day to the Art Lovers Association and listen to their discussions.

One day they asked, 'Who do you sing for?'

'I sing for myself. If they say, "Good," then I sing some more.'

'Why do you sing for those fellows who drink in clubs and dance? Why don't you sing for the poor?'

I liked their ideas. They used to travel to nearby villages and bastis singing songs and reciting poems. We used to tie up the mikes and sundry equipment to our cycles and go around.

After many days of discussion we realized it was no use reading poems to villagers as most of them couldn't understand the poems. Songs and plays should work better. That is how the play *Song of the Poor* was born. We also decided that we should write in the style of folk songs, songs that everyone can understand. People like to sing songs. Every time we sang, they would sing along with us.

Some of the members of the Art Lovers Association had already written songs. But not in the folk style, which we had come to agree would be better. We then wondered what style to choose, and this song came up:

Stop the cart, cartman.
I will come with you.
You run and I run
I will bite your cheek!

Wait, cartman!
I will follow your cart.
Wait till I wear my sari
Till I wear my blouse.
Wait, cartman!
I will follow your cart.

'Should I retain the second and third verses, sir?' I asked them.

'Why do we want this biting of cheeks? Forget about the sari and blouse,' they said.

What was left? Only the cartman. Well, so I dropped the sari and blouse.

I kept thinking all the time. What shall I write? What shall I write? As I was going along one day, I heard: 'Hey rickshaw, stop.'

That sound rang in my ears day and night. 'Stop, cartman!' kept playing in my head.

Hmm…Hmm…I hummed as I practised that song in my head and on the dappu. On the dappu I can sing any song.

So I sang:

Stop, cartman!
I will come on your cart!

But I didn't know how to proceed further. Our Art Lovers used to meet in Alwal. So I put all the places in that region into the song.

At Golnaka I will feed you gol sweets
In Satya theatre I will show you cinemas.
In Lal Bazaar I will get you
Sweet laddus to eat.
At Karkhana I will get you toddy.
At Alpha Hotel I will get you aloo biryani
Stop, rikshawalla
I will come in your rickshaw.

I took this to the Art Lovers Association and they said,
'Your song is very good but where will you get laddus?
Where will you get the aloo biryani from? This won't do.
Write about the rikshawallas' troubles.'

Then I wrote:

If our limbs don't work, our bellies won't fill!
However hard we work our bellies won't fill.
In this Congress rule our bellies will not fill.
Stop the rickshaw, I'll come in your rickshaw.

And then they said it was good. But it is not enough if your
comrades nod in appreciation because they get the joke or
reference. We must be able to take the song to the people.
So we picked up our bundles and went to the 'Kotha'[32]
Basti. It is full of Tamilians; they do not know Telugu.

First we staged a drama on the troubles of the poor
in Telugu. Then I sang 'Stop, Rikshawalla'. After the
programme we heard the people singing the song—'Stop,
Rikshawalla!'

The next morning, as I entered that basti, I heard
the children say, 'See! That "Stop, Rikshawalla" is going!'
I reported this to our Association. They said, 'We have
become a great success!'

Any [popular] song that came up, I tried to capture its
tune exactly.

When it comes to drinking gudumba[33] you think less
clearly. So they say, 'You think like *that* when drinking
gudumba.' So it is a term of abuse. But then ordinary
people enjoy gudumba and ask, 'Have you have had some
gud?' So we must look for what the people see.

My little cousin, Gudumba,
I will take you.
Dhulipet[34] is your mother's house
In your mother's house:
Your name is Gudumba
In our basti, you are called Jumuru
So I didn't say drink and
dance and stay where you are.
Only yesterday you met my people.
You got to know
all the secrets of the people.
No I don't want you, girl
Little mother I don't want you
I don't want you, Gudumba girl.
I will drink the blood
of those who drink my blood.

And I finished the song like this. Just as the snake charmer draws the crowd together and makes his snakes dance, I wrote songs by drawing on film tunes. They were mostly Qawwalis. This type of song was very popular and I felt it would spread fast; so I used it.

Once we were travelling on cycles to perform. We saw some cowherds on the way, sitting with their cows. They were singing:

I drank toddy, drank toddy
And dissolved.
Your anklets scratched me
And left me itching for you.
I drank sara,[35] drank sara

And sank into the earth
Your scratching anklets have given me an itch

We got off our cycles and went and sat with them, near the cows. I said, 'Your song brought me here.'

We realized that if we sang the song as it was, the people wouldn't be too happy about it. Obviously we needed to change it, to adapt it. So see what we did to the song:

My brother Jeethagadu,[36] my brother Jeethagadu,
Has bonded labour stolen your breath?
My brother Jeethagadu, has bonded labour stolen your
    life?
My brother Jeethagadu,
Ploughing and digging, ploughing and digging
Have your limbs broken down?
My brother Jeethagadu, are your bones broken?
My brother Jeethagadu

So that 'scratching' went and this took its place. The first song had some vulgar connotations; I used the same song and the same style but avoided those.

What does a bonded labourer do? He ploughs, bundles, carries and digs. So writing the labourers' life in this style was easy. I think it was a poignant portrayal of his life.

There is another song:

Rupee coin, what is your value?
Eight anna coin, what do you mean?
Let us go and join the People's Army
Let us join the army of the subjects
Let us go and join the People's Army.

Once I was sitting near a dargah and I heard someone chanting: 'Salaamun halai'.

I asked what it meant and they said it was to salute the dead. It occurred to me that so many of our great comrades had become martyrs too. Why not use this way of saluting them?

Lal Salaam. Lal Salaam
Ya Rasool salamalaika
Ya Nabi salamalaika
Ya salawatula alaika.[37]

Similarly, in Telangana there is a song, 'Let us go to the Jatra', which is sung in all the Jatras—Keesara Jatra, Seven streams Jatra, Komrelly Jatra, Palakurti Jatra. People everywhere sing the Jatra song by prefixing the name of the shrine to its name. But the style is the same. This was working in my mind for a long time and it finally came out as the 'Srikakulam Jatra'.

Let us go to the Srikakulam Jatra.
Let us go to the Jatra of struggle
Let us go to the Srikakulam Jatra.

Similarly, during the Telangana struggle, there was a famous song:

Tying cart behind cart
Sixteen carts together
In which cart will you go?
You Nizam government fellow.
You SI[38] fellow.

You Circle[39] fellow.
Be careful my son.
The red flag has stirred?

Not just songs but many art forms too are alive among the people. Have you seen a snake charmer? He plays many tricks and holds us enthralled like mere dolls with them and the magic of words. Snake charming is like this:

Arre Son! Just clap a little!
Arre, when will you get married, ra?
If you become an old man then I will marry you!

He plays on his pipe. The music starts. He picks up the style of a peasant song, 'Eruvaka'. He keeps joking.

See what I did to that item. Keeping the first two lines of 'Eruvaka', I add:

Your troubles will end, little brother
You come out of your pit, Nagu Naganna
You dance now, Nagu Naganna.
You are frightening the landlords
Saying you will burn them
The one who draws you out
Pulls out your fangs
And makes you dance is the real hero
Arre children, start clapping.
You've clapped, sit quiet
I will show you all the snakes one by one
The white snake in India
The black snake in America
The coloured snake caught in Russia

The red snake caught in China
I will show you the colours of each
I will tell you how they changed colours
Come out, Naganna, O Nagu Naganna.

I followed the snake charmer, watched all his tricks and wrote this.

Similarly the fakir. He has a bunch of peacock feathers, an instrument made of iron strips, the same lungi, the same kerchief, and says, 'Give in the name of Allah,' and he plays just like our Rama Rao[40] did. The fakir is flanked by two fellows. He sings verses and they crack jokes. They go *tarum-tarum-tarum-tarum*…the music is like this. I felt that it would be a good way to salute our martyrs.

So I wrote:

Lal salaam, Lal salaam, Lal salaam salaam.

The festival of Kama is a big festival in Telangana. This is called Holi in the north. And so I wove in the lines:

Where were you born?
Where did you grow?
Where did you come to die?

And I took another love song and changed it like this:

Telling the story of the village
And the story of struggle
Your light is fading, my girl.
My coolie girl.

This girl was just a village girl who was killed by the police because she provided food for the revolutionaries. This girl was a hero. Because of my song she changed in the eyes of the village from a figure that embodied sorrow and loss to a heroine.

The other day they asked me to come because they had a sangham. Then a tune came into my mind, 'Let us go to the Srikakulam Jatra'.

It goes:

Come Ramanna,
Rajalingam is getting married
Come, Malanna[41]

And he says:

I won't come, Komaranna
My blanket will be lost,
where will my goats go?

So in the same style I said:

Come and join the yuvajana sangham[42]
Come!
No! I won't come,
I don't want your sangham.
I won't come.

And it goes on.

Till the other day uncle Chenna Reddy[43]
Went around each lane
Lecturing for an hour
saying he will bring Telangana.
He cheated us,
Come, Komaranna.

Recently, I wrote an Oggu Katha called 'Naxalbari Children' and brought it to the people.

It was difficult to use the heavy drums so we managed with the dappu. As the singer sings the two accompanists dance and add a chorus. The Katha spread among the people easily.

The police has questioned the four boys like this:

Which is your village, ra?
Which is your locality?
Which is your dalam?[44]
Who is your dalam leader?
If you don't answer clearly
We will set fire to you.

So the Naxalbari children reply:

We are the children of Naxalbari
We are the symbols of justice
We are the balance of exploitation
We are the brothers of Satyamanna[45]
We carry the red flag
We are the red suns.

Once my father built a house for a landlord. The name had to be engraved on it. So we all went there. We were driven away because we were low-caste.

So there was a song then that went:

We don't want this black landlord.
They burn up at the sight of Mala and Madiga.
We don't want this black heart lording over us.

I thought we could change it and sing it like this:

> Digging foundations
> Till our lives are gone
> Raising stone walls
> Till our blood streams out.
> As the ceremony was on
> We went for a tip
> They said you low-caste bastards
> Don't cross the threshold
> Why this Madiga life?
> Not a morsel for all your moaning.
> And it will go on and on till you
> Clench and raise your fists
> for the rights of the working class.

Once I came alone to Rail Nilayam;[46] I sang to the railway workers. The men there played the dappu. I included them and sang. Then I asked a fireman to tell me about his life. He said that if you can see his belly through his mouth, it is as if you have seen a rail engine. The worst life among us all is that of the gangmen. Why don't you write a song about them? You write of so many people, why don't you write about their lives? I agreed and looked for a gangman and found one.

I talked to him and then went to the railway tracks and spent a month studying their work. What do you call this? What do you call that? And so on. I felt that the song should have the rhythm of the railway tracks. I will sing the first verses of that song to you.

We are gangsmen, sir
We are garib,[47] sir
We pour out our blood
And lay the rail tracks.

So I kept taking songs like this to the people. The people are great poets. They are great artists. There is great poetry in their songs. There is life in their dialect. Listen to the songs they sing in the villages and you will understand. The women also sing beautiful songs.

Among the people's songs there are hundreds and thousands of styles. They are all in use. The Burra Katha, Jamukula Katha, Oggu Katha, Kolattam[48]—there are so many kinds.

So at the heart of my songs are the people, their suffering, their pallavi.[49] This is my life, my focus.

I would take the people's songs, their verses, and work on them for months. Whatever I heard I would go after it. I have some sixty songs [about four hundred to date] ready to print but every day I sing a song that is not recorded or written and that goes among the people—those will run into the thousands. When I sing, my heart, my hands, my legs keep moving.

Every song I wrote, I would take it and give it to the Association. The group would then research and study each word and phrase and only then would it be taken to the people. I was never bothered by the changes or additions or subtractions from the lyrics. We used to call folk artistes from different styles to come and perform for the Association. It was a kind of practice. We also learnt their steps.

The Jana Natya Mandali was for the people. Anantapur, Warangal, Vizag, Srikakulam—we stood on every street and sang for the people. We did not simply take the songs of the people, we took their songs and worked on them and took those back to them. This was our work. So the Jana Natya Mandali was the breath of the people, we were taking their songs back to them in new and novel ways.

It was my connection with this Association and its connection with the people that thrust me towards the people. It is its connection with the people that defines art today.

As I walk this path, on behalf of the Jana Natya Mandali, and on my own behalf, I salute you.

Lal Salaam!

II

ANTHEMS FOR THE REVOLUTION

This section contains translations of twenty-three representative songs by Gaddar, preceded by an introductory note or anecdote by Gaddar himself. I have added a short note where such an introduction is absent.

—Vasanth Kannabiran

New Moon Night

Each song has a moment, a period, a context, and from this, as much as from anything else, springs its social relevance. When I was underground in 1988, everyone knew me as a research scholar. I rented a small house in Baroda. The subject of my research was a comparative study of the forms of people's songs (prajala pata) in South India and North India. For me, what was most important was the connection between these songs and the systems of production. For instance, what character does a song take on in a village where the plough is used to till the land and water is let into the fields manually? I found that the slow tempo of the ragam matches the mode of production. It is dawn. That is when the animals are brought to work. The pace, the place, the time—all form the subject of the song.

In North India or Gujarat, where commercial crops are cultivated, what form does the song take when the tractor enters the field? I observed that there is no song. The singer is tied to the machine. But he plays a song on a cassette player while he is at work. These are usually songs in praise of Krishna.

In Baroda, I would go for a morning walk in the cantonment area. In the course of my walks, I got friendly with a Captain and we would talk as we walked. One day, we saw people milling around a dustbin by the side of the road. Animals were also skulking around. Both of us wondered why the crowd had gathered. The military captain went to investigate. He saw what it was that had pulled the crowd and he turned and walked away without a word.

I went up.

There was a newborn baby, wrapped in a cloth, thrown into the dustbin.

That grief, the sight of two outstretched hands moved me.

But nobody had the courage to pick up the child.

I had nothing to fall back on. Even though I had love inside me, and I wanted to do something, I could not touch the child. I was full of grief. Then, a mother working in the area came to the dustbin to throw away her household garbage. She saw the baby and she turned and yelled: 'What are you staring at? Is this a spectacle? An innocent child is crying and none of you want to pick her up!'

She flung down her garbage, picked up the child and suckled her.

That scene has never left me.

The song is set to the tune a mother sings when her infant cries. The waves of sound surround the infant and draw its attention to the song and away from the source of its pain and grief.

~

Amavasya[50]

A new moon night and it was dark.
A girl child was born.
No mother-in-law to glance at her.
No father to soothe her.

Her mother put her in a basket of rubbish
And went to fling her in a dustbin.
A bitch crossing her path
Said, 'Sister, don't do that!'

Wrapping the baby in a cloth,
Her mother went to throw her in a well.
Mother Ganga stretched out her sari end
And said, 'Sister, give me alms.'

On a full moon night,
She threw the baby into a snake pit.
The Naganna stretched out his hood
as an umbrella to shield her.

She tried to choke the baby with paddy,
She tried to squeeze the tiny throat.
But something blocked the child's lips
And the child burst into laughter.

She swore she would not feed the child
But streams of milk flowed
into the child's mouth.
They say: Food is your mother's blessing

Your father's is your inheritance.
What sins have baby girls committed
That boys have not?

I will not throw her in the rubbish.
I will not drown her in the well.
I will not choke her with paddy.
I will not strangle her.

People gather around the dustbin
As a newborn's cry
claws the sky.
My babe's cry
Wrings my heart.

Those who gather to stare,
May say, 'Aiyyo, Aiyyo.'
But no one has a heart strong enough
To clasp the child to their bosom.

Then a mother came to the dustbin,
With rubbish in her hands.
Pressing the babe to her heart,
she tore open the knot of her blouse
and put the babe to breast.

It was a pitch-dark Amavasya.
The woman thought it was lucky for her.
My kisses to that child born on Amavasya!

I will make you Sammakka[51]
I will make you Sarakka
I will make you Jhansi Lakshmi[52]
I will make you Rani Rudrama[53]
I will make you Shobakka[54]
I will make you Kumarakka[55]

The Slave

A slave in Telangana is one who buries his head in the earth. Banchodu in Telangana is a slave who is only given a gruel of broken grain. Not wages. But the true horror of the situation can be understood when you think of what this declaration means: '*Nee Banchonni, Dora. Nee uccha taaguta, Dora,*' says the Scheduled Caste person to the upper-caste person. That means: 'I am your slave. I will drink your urine.' Think of that for a moment. Think what it would do to your self-esteem. Think of what it would do to you to say it again and again, to repeat it all your life. Think of what it would do to the upper-caste person too, to hear it all his or her life. How it would deform them both. This is what caste does. It deforms those who it reviles but it does not leave the upper castes unscathed.

Do not fool yourself because you see a Scheduled Caste person in a city who drives about in a car. In Indian villages, we can still see this slave.

This slave must go around cleaning the village and lives outside the village. He can only enter the village when it sleeps. That is his life. I was born into that life. My father was an Ambedkarite and revolted against this slavery. He believed that revolt begins when the slave is taught the alphabet. He worked as a contractor in Milind Vidyalaya set up by Ambedkar in Aurangabad. Both my mother and my father used to have conversations with Ambedkar. My mother used to sing a beautiful translation of a Marathi song on Phule:

A jasmine grew on a dungheap
It bore a basketful of fragrant blooms
One flower spread its fragrance far and wide
That fragrance roused the whole village to rise and walk
Slowly, the whole village came to the dungheap
And asked for the name of the flower that spread such
    fragrance
That blossom was Savitribai
That fragrance was Jotiba Phule

Our family was liberated because of education.

I wrote a number of songs that spoke of the need for people to have an understanding of caste, not an obsession with caste.

When there was violence against Dalits in Tamil Nadu who had converted, I wrote on slave life in the caste order.

~

A Slave Life

I am your slave, your slave.
I am your slave, Lord.
How long will you live like this, Malanna?[56]
Why don't you strike back, Madiganna?

He calls your sister and mother
slut and bitch!
Why do you shrink, Madiganna?
Rise like a lion, Malanna!

In broad daylight
When they shoot your people
like birds in the sky.
Shoot back, explode,
Devour them.

Why do you shed tears, Malanna?
Rise like a sword, Madiganna!

When they surround your huts
Firing bullets into your heart
And trample on babes and old alike,
Dragging them out brutally,
Cutting them down ruthlessly,
Why do you weep loudly, Madiganna?
Rise like a spear, Malanna!

When he comes for votes,
He makes false promises,
He sits on your stone bench
Fondly calling you, 'Elder brother! Younger brother!'

He asks for a glass of water
which he gargles and carefully spits out.
He won with your votes, Malanna!
And showed you empty hands, Madiganna!

When disgusted Malas and Madigas became Muslim,
In Tamil Nadu, the Sankaracharya was shocked
He went crooked and twisted with rage
And all of Hindu society
Chanted, '*Vande mataram!*'

You can bend a slave
By putting a huge rock on his back
You can stamp him down.
His back may be bent
But his heart will not submit.
He will keep seeking the right moment
To straighten his back.
To set down the stone.

I am your slave, I am your slave
I am your gulam, Dora!
How much longer will you live like this, Madiganna?
When will you strike back, Malanna?

Mother, I Will Not Study!

There are many sabdams which I suppose you could translate as sounds or maybe sound systems: utpatti sabdam (the sound of production); janapada sabdam (the sound of folklore); abhyudaya vaada sabdam (the sound of modern argument); gyanapada sabdam (the sound of knowledge); viplava padam (the sound of revolution). To know these is also important, and to me, all knowledge is important. Perhaps this comes from my father who was totally dedicated to education. Before he died he wrote, 'Only knowledge shall live.'

Once I came into the Naxalite movement, I saw the contradiction. Education was not enough.

When I wrote the lines '*Avva, nenu saduvukunnonni. Saduvukunnonikante saakalode melu*' [Mother, I will not study. A washerman is better than a scholar], everyone got very upset. I had to face a lot of criticism. Many questions were put to me: 'Are you saying our children should not go to school?' 'Are you saying our children should pick up weapons and fight?'

The song thus becomes the starting point for debate, discussion, and a means of understanding the connections between production, labour, human society and human knowledge.

~

Avva, I Won't Go to School!

Ma, look at our chickens.
How they leap in the air.
How high they jump in play.
They sing.
They don't go to school.

[*Chorus:*]

Mother, I will not study.
A washerman is better than a scholar.

Avva!
Just like us,
the calf drinks the cow's milk
and springs up happily.
The mother cow, overjoyed,
licks and kisses its face!
Ma, the calf drinks the cow's milk.
Look how she springs up happily.
Look at the mother cow.
How she licks it and kisses the calf's face.

Chorus

Avva!
Why do you ask me to study?
I will follow you to weed the fields.
I will watch over the work and run fast.

'Child, why won't you go and study?'
she asked tenderly

Chorus

We spend a crore on learning to earn.
If we're spending so that we may eat—
These studies cannot feed me.
I swear on my mother
I will not study

Chorus

Ramaiah the shepherd
lost all his sheep; thinking
The educated were intelligent
He got a petition written
And went to the Police saahab
Who said that if there was
Nothing to grease his palm,
Ramaiah could get lost,
the work would not get done.
When Ramaiah went to the big lord of the taluka,
The son of the Tahsildar,
He too stretched out his hand
Under the table.
Selling his single bullock,
Ramaiah opted for a court case
And the black-coated lawyer
Stretched out his hand.

Chorus

After a fitter's course,
He became a welder!

After a welder's course,
He got a job as an electrician!
Dharma Rao,
Who can't read a thermometer,
Became a doctor.
He earned pots of money anyway,
Giving injections full of water.

Chorus

Studying to be an engineer?
That's a lot of studying.
And to get a doctorate?
Oh, that's even more studying.

The ones who study to be professionals
are slaves to their professors' whims.
If they won't grease their teachers' palms
They won't get marks, it seems.

It seems in Telugu Desa
You must study only in Telugu.
'Jasmine garlands for my
Beloved Telugu mother,'
the politician thunders at us.
But his own sons?
And his son's sons?
He sends them to England
For English studies!

Chorus

By day, they recite this Bhagavatham about studying
When night comes, they turn to black-market trading.

All this studying
Has taught them cunning.
They cheat our children
Who have not studied.

With all this studying, what do they learn?
They learn to cheat those who earn
By the sweat of their brow because they are unlearned.

Chorus

Not for me those studies
Not for me that life
I will study
the working class
the factory workers
I will join the union and
I will learn my lessons there.

Chorus

Where is My Man?

This is a song I wrote during a time of total repression. It is a song about how women were coping with repression. It is a song about the way women resist through silence.

You should see a village suspected of sympathizing with or collaborating with or harbouring revolutionaries when the police decide to raid it. If there is advance warning, the men all leave the village. The old are left behind, and the women, the children and the animals, the sheep and the goats and the chicken. Then the police arrive. They break into a house. They ask, even as they enter, 'Where did he go? Where is your man?' They use filthy abuse to attack the women. They know this hurts more than physical abuse. They have different ways in which they can torture women.

Once when I was underground, the police came into our house. My wife, Vimala, was made to stand for three hours. Just to stand. The children were small and they were hiding under the cot. Vimala stood and stood. But she also withstood. Through that time, through those five years, she did not once try to make contact with me. Nor did I try to contact her.

I was part of the struggle but so was she. Her silence, her endurance made her part of the struggle. Who is the person who makes the struggle? The man who goes underground, or the woman who stays behind, faces the police, and brings up her children? Who is the backbone of the struggle?

I wrote this song about the silence of women, their brave, resolute silence, the silence with which they face down the police, the moral force of this silence.

~

Bavayya

Bavayya! Why don't you come once to see me?
Bavayya! I will be your companion.
Take me along!
Since the day you left,
our home has turned into a market yard.
The cattle and fields are gone.
The crop has turned to dung.

With no one to oppress,
The Patel and the Policeman are idle.
The ropes with which they bound us
The ropes with which they whipped us
Lie limp.
There are no poor peasants to punish.
They have all fled.
Even the ruffians and the thugs are idle.

Bavayya! Come and let me tell you my sorrows.
Bavayya! Come, I will tell you the story of my life.

Whether we eat or not,
Whether or not there is anything to eat,
We curl up at home to protect your dignity.
The police razed the house we had to the ground
Like frightened birds, we scatter across the countryside
We are crouching under the trees, Bavayya.
Bavayya! Won't you stretch out your hand to us?

Our family and enemies are laughing at us.
Mother-in-law and Mother both

fling savage words my way.
The landlord and the police say:
'Now we can do what we want.'
Bavayya! My heart is wounded and sore
Won't you come and soothe my sore heart? Oh Bavayya!

I see your movement in the young one's gait
I see your looks in the little one's face.
My eyes have turned to rivers
while the children cry loudly
pressing their faces to mine.
They ask, 'Amma, why are you crying?'
What shall I tell them? Bavayya!
What story can I tell them? Bavayya!

But even if your heartstrings draw you to the children,
But even if your heart tugs you towards me,
Beware! Do not come here.
For as you come to the village
the police will shoot you in broad daylight,
wiping out my turmeric.

Bavayya! Beware! Better not come.
Bavayya! Don't leave the radicals and come.

Falling and rising
Working in some field or yard
We will drink some gruel and get by
Bavayya! We will live somehow.
Bavayya! Don't fall to pieces.
The family we had is wiped out
The children we bore are gone.

Gone is the work, gone are the fields.
Our small tiled house lies in a dungheap.
Rather than wring oneself to death each day,
Rather than lead this worthless life,
Better the path of the martyred brothers
The path of the toilers

Bavayya, give me your gun!
Take me as your companion

Warn my Bavayya not to come
I will fight with Yama, I will do it myself
Pouring life into him.
The days have turned to years
Looking here for him,
Looking there for him
Looking out for him,
my eyes have burst.
He does not appear even in my dreams.
Even if I am to die, let me just see him once.

Bondage

The bonded labourer has no wages. He has no freedom. He has no rights. He is a slave. But slavery here is different from slavery in America. Here it is tied to the caste system. The bonded labourer is always the Dalit, especially the Madiga. In Telangana, the bonded labourer's great grandfather is a bonded labourer, his grandfather is a bonded labourer, and so is his father, he is a bonded labourer, and his son too is a bonded labourer. My relatives were all bonded labourers. I understood the system well from my personal experience. To organize bonded labourers, one must first liberate them. This means repaying their debts. And once we bring them out of bondage we need to create support systems so that they do not end up in bondage again. S.R. Sankaran[57] confronted this very situation. He liberated all the labourers, but by the time he went back to check on them, they had returned to bondage with the same landlord. He was puzzled. But then life in the village is bound to the landlord in many ways. The poor have to go to the landlord for every little thing, whether there is a wedding, a funeral; why, even to relieve himself, he has to go on the landlord's land. We cannot liberate him from this system unless we break this dependence. We cannot only preach revolt; that will only be a provocation.

I wrote this song when I saw my maternal uncle working under conditions of bondage. I observed his daily routine and the ways in which bondage operated, penetrating every level of his life, infiltrating his world.

The tune for this song was adapted from a song sung by women. It was accompanied by a dance and presented to the people. The message was: your liberation lies in liberating this land and establishing ownership over the land that you till. The idea is that our lives are entrenched in culture. Cultural revolution is therefore imperative and urgent. The work that our songs do, the task our poets try to accomplish, is to challenge cultural norms.

~

Bonded Labourer

[*Chorus:*]

Our brother, O bonded labourer
My brother, O bonded labourer

Bonded over again and again,
Has your life really ended?
O bonded labourer, my brother
Has your soul really fled?

Chorus

Digging wells, wells, more wells
Has broken your bones.

Chorus

Has your life really ended?
Are you ready for the grave?

Chorus

Sowing seeds, seeds, more seeds
has broken your back.
Chorus

Sowing seeds, sowing more seeds
Has crushed you.

Chorus

Endlessly cutting the edges of the bunds,
pruning the fields without pause,
You slide down to the earth.
You have withered away.

Chorus

Planting seedlings endlessly
Has broken your back.
You have fallen to the ground.

Chorus

Cutting bundles of paddy stalks,
chopping bundles of straw,
Your body has turned blue.
You have collapsed in fatigue.

Chorus

Open your eyes and see
The games the landlord plays.
Grasp the truth of this, my brother!

Chorus

Wage a Mahabharata
against the landlords who exploit you.
Stamp them into the slush.

Chorus

Mix earth and water
With your sweat
And it becomes food.
With the earth, the plough;
With the plough, the bullocks;
With the bullocks, the bonded labourer
Produces food.
All this toil only for food.
But it is the bonded labourer
who combines them all
who provides the food we eat.
He is the prime mover.
He puts food on every plate.
Save his own.

Chorus

Bonded time and again,
Has your life wasted away?
Has your soul wasted away?

Chorus

You Sculpted That God, Anna!

We had a discussion on what the political and social purpose of a song should be. Just writing some nice lines will not lead to a change in practice. To help the oppressed transform his practice, what should the poet do? This was the crux of the discussion. Each time there were three points of intervention to the songs I wrote. First was the vision…my songs always compare lifeworlds. Then came the writing and composition. My songs were always live demonstrations: I wrote the song, set it to music and performed it before the people. Third, people responded in different ways to my songs: some laughed, others whistled, others clapped. There were some who were quiet. If you asked the quiet ones, they would say, 'It's alright.' That meant, 'I do not like this, I don't agree with this.' People's opinions were then brought back to be discussed. No song was ever printed and distributed as soon as it was written. It was only after the song went to the people, and its social and political relevance was established and realized that printing was even contemplated. That was the process in the Jana Natya Mandali.[58]

I wrote close to five or six thousand songs. Of these, less than a hundred are remembered. But these songs have reached lakhs of people. Our audience is not in the thousands. It is in lakhs and crores. Arunodaya Rama Rao[59] used to sing this song very well—it would be part of his performances in 1972–73. The songs were adapted. Each song had a goal: the annihilation of the class enemy. In the rickshaw puller song,[60] the rickshaw seth was eliminated. Then a man who owned two rickshaws came and asked if we would kill him. And we realized this was problematic. When you take theory to the people through the medium of performance, you come up with problems and contradictions that force you to look at the problem afresh. This is a song that questions. It has a continuing relevance. As long as the problem is not resolved, the song and the question will remain. The tune is based on the Hindi song 'Hum kaale hain to kya hua, dilwaale hain'.

~

Koolanna

You must know the truth, Koolanna
You must gird your waist and walk, Koolanna

You are the one who grows food, Anna
But when you need to eat there is no food

You spin the cloth, Anna
But you have no clothes to wear, Anna.

Those who reap the rewards of your labour
Come let us grind their bones to powder, Anna!

You sculpted that God, Anna!
You placed him in the temple, Anna!
You carry all the corpses.
You pull the temple chariots.
You build the pandals.
You bear the palanquins.
But when you want to go to the temple
for a glimpse of God, Koolanna
They won't allow you into the temple
Why, Anna? Why?

You build the motor, Anna.
You drive the bus, Anna.
You dig the coal.
You drive the train.
Yet, you must needs walk, Anna.
You are not allowed to enjoy
What you have wrought, Anna!

Your limbs, your bones, Koolanna,
Cannot afford to tire, Anna!
Meal after meal, Koolanna
It's thin gruel and not a lot of it.
Why, Anna?
Because a few hands grab the wealth
That we create together.
Why, Anna?

Lords and landlords
have joined together, Koolanna
And divided the villages between them.
These are the rogues, Koolanna,
Who steal the labour of your limbs.
Till you get the wages of your labour, Koolanna,
Struggle, my brother, struggle
The truth is like a blazing fire.
Is the fire covered with ash?
If you stamp on the embers,
The fire will rise as high as the sky.
Who seeks to hide the truth
Seeks to bundle up the sun.
You know the truth, Koolanna
Gird your waist, my brother!

Let Us Build an Army!

The world has created a single rubric for all that happens to Dalits: atrocities. But how should we understand this term—'atrocity'? What message do we want to convey when we use it? Dalits are attacked on four fronts: the economic, the political, the social, and the collective. As you go up the ladder of graded inequality, there is a decline in the use of force. The forward-caste Reddy fellow may face only economic vulnerability; he does not have social or self-respect issues. What Naxalbari did to the system of graded inequality was to assert that land belonged to the tiller. Once this assertion is made, the people who will join the struggle are those without land. These are ninety-nine per cent Dalits. Let us look at Tsundur[61] and Karamchedu.[62] I wrote two songs. One on Karamchedu where the landlords were Kamma—this was a community that was undergoing a transformation and moving into business. In Tsundur, it was the Reddy landlords—farmers who lived in the village, tilled the land and were extremely feudal. The Dalit Mahasabha took up the Karamchedu struggle and built it up. Naxalites took it over from them and followed their own process. In Tsundur, the killings were brutal. The feudal landlord's mindset here was clear: he killed the Dalits, hacked them to pieces, tied them up in sacks and threw them into the canals. The struggle of the Dalit Mahasabha was to bring the bodies back to Tsundur and bury them in the middle of the village. That was the revolutionary assertion. The very people that the landlord exiled from the village must be buried in the centre of the village. A message was sent to me to go and 'breakthrough' the police cordons and security to make this possible. Something that seemed impossible for any political party or group, suddenly became possible when two of us appeared from nowhere (having travelled in disguise till we reached Tsundur and evaded the police cordons) with our ankle bells and gongadi and broke into song. People who were indoors spilled onto the streets. In most of our breakthrough songs, it was the women who came out in large numbers. This was a direct confrontation with the State through performance. The song was based on a famous Gujarati song. This action was a demonstration of how a guerrilla cultural front works. But Karamchedu and Tsundur were different. In Karamchedu the call was to eliminate the landlord. In Tsundur, the call was to reclaim the village through the burial of the massacred Dalits at the centre of the main village. They say: 'I am the person you kept outside the village. You tied me in sacks and threw me away. I will now lie in the heart of the village.'

~

Come, My Dalit Brothers!

Come, my Dalit brothers, let us build an army.
We shall build the tomb of the Tsundur landlords.

You Dalits who are aflame! Let us build an army!
You who live pouring sweat, let us join hands!
We, the untouchables, will be a fiery cauldron.

We, the eyes of Kanchikacherla Kotesh,[63]
We, the march of Neerukonda's[64] Dalit brothers

We, the tilaks of Thimmasamudram[65] sisters
We, the heartbeats of Tsundur Dalit brothers
We will make the dreams
of Alisamma of Karamchedu come true

We will strip bare
the meaning of caste
We expose its villainy
And eviscerate the madness
of intoxicating faith.
Drenched in sweat,
We have ploughed the fields;
Now we will drench these
cotton fields in our blood.
We will harvest the paddy fields
We have tended.
We will unite our brothers
who have been left behind.
Let us wage a caste war
and a class war together.
Let us unite our struggle
with the struggle for land.
Let us unite peasants and coolies
to build an army:
An army of peasants and coolies.
Who are these criminals
Who can slaughter a man,
Bundle him into sacks
And fling him into the river?
Who are the criminals?
And who are the slaughtered?
Come, Dalit brothers,
We will build an army.

An Act of Rage

When the market rules, the farmer loses everything. We understood this. And so we went to the market and we shouted slogans. We said that the farmers' movement should grow. We said that the farmers should unite. We said that they should be offered a fair price. We spoke of liberation.

Then we saw a farmer who had decided on another path of resistance. Rather than sell everything and be left with nothing, this farmer set fire to his crop and watched it go up in flames with satisfaction. He offered no explanations; he was silent.

As we watched this act of his, this magnificent act of rage and self-destruction, we could not understand what we should do. This was his resistance. We learned a lot from the peasant. Up to that point we had set ways of addressing these issues, our ways. We needed now, we realized, to accept that there were other ways, other acts of resistance, other symbols that did not involve banners and the colour red.

The form of the poem I took from the Kolattam.[66] When daughters come to their mother's homes, for festivals or feasts, they join their sisters and dance a Kolattam. They clap and step and twist together. They compose songs and sing them. They sing of signs, qualities, stories, memories, caresses, chats, secrets, hidden loves. All this they mingle into a song, a lyric, a dance.

~

Dacchanna's path

Dacchanna's path, in Dacchanna's path
Through thickets and woods
You are the piercing dawn in Dacchanna's path.

[*Chorus:*]

Dacchanna's path, in Dacchanna's path
Your path and mine
Is the path of struggle!

In this looting State
Your desire and my desire
Became one with his desire

Chorus

In the kingdom of the landlords
The thirst-quenching gruel
Becomes your wage
A gruel that barely quenches your thirst

Chorus

Producing sacks and sacks of grain
We starved for each meal

Chorus

We built glass castles
And slept on leaves

Chorus

We poured out a handful of blood
And ate a fistful food

Chorus

When the price of sweat dropped
They struck work.

Chorus

All the landlords got together
And put you in jail

Chorus

You simmered and burned
And your heart turned to flame.

Chorus

Have you been jailed?
We will free you!

Chorus

We will unite all the coolies
And bring them together

Chorus

Like a band of locusts,
We will descend on the landlords

Chorus

Debt

Translator's Note: This is a poem about the weight of bondage and how it persists from generation to generation, even after the original debtor is dead, with no respite.

~

Dora's[67] Bonded Labour

Ayya, you were bonded for six years,
Against a loan you took at an age
when you should have been playing.
You were weeping and grazing cattle.
From break of dawn
till noon and gruel time,
you were letting water into the field.

Your neck grew strong carrying bags of paddy.
Waking up at daybreak,
Untying the cattle
Grazing them until noon
And it was time for gruel
You came home.
But there was no food,
Not even a pot of gruel
For the old woman curled up in the corner.
No milk for the infant in its cot.
Though you slave night and day
Your debt keeps growing
Your land is all gone.

Unable to bear the Dora's thrashing
You ran away to the next village.
But they brought you back,
Kicking you, hitting you, whipping you.
They tied you to the neem tree
In the middle of the village
And thrashed you again and again.

Though you are but twenty summers
You are like a sixty-year-old.
Even your daily gruel is a debt.
It is time to say 'No' to such a life.
You have lived the life of a slave.
If you revolt your life will turn sweet.

This debt,
This debt can't be cleared.
You sell this or that and repay the capital.
You can break your back and repay the interest.
But to pay the interest on the interest?
A lifetime will not suffice!

A bonded slave cannot
Clear his debt, not if he slaves a lifetime.
For your father's debt, O slave
Will you remain a slave all your life?
O Dora's slave?

The War Will Go On

Translator's Note: Gaddar here talks about the unceasing war that has to be waged until slavery and bondage are eliminated and people are set free.

~

It Will Not Stop. No, It Will Not.

[*Chorus:*]

It cannot stop! It cannot stop! It will not stop!

This war on hunger will not cease.
Till this corrupt regime ends,
The armed struggle will not halt!
See! The line of ants has stirred.
The hearts of snakes tremble.
The wolves have curled their tails.
The herds of cows have moved.
The tigers have started running.

Chorus

Listen, for the fields call.
Listen, for the blood roars.
This is the dream the martyrs dreamt.
This truth we trumpet to the world!

Chorus

Tumultuous storms have been risen
From the cool breeze of the fields.
The dawn is now a fierce battle
A dance of destruction.
The merry patter of raindrops
Turned to a shower of bullets.
Rivulets rush to unite and
Swell into a huge Ganga.

Chorus

Cool forest maids
Slowly catch fire.
Creatures born in the forest
Claim the forests as home.
Joining the deer, the antelope,
Birds and flowers, they say
Yes to the battle.

Chorus

Heated in the fire,
Rusty axes gleam again.
The knives wait in a corner
to enter the bags of heroes.
The bows and arrows
Mount the shoulders of Girijans[68] saying
The only answer to a weapon is a weapon.

Chorus

Denied wages, the labourers
Quit their bondage.
Denied wages, coolies
Refused to work.
Denied their land, peasants
Defied their landlords.
They say:
'Better far to blaze as hungry flames
than burn with the pangs of hunger.'

Chorus

My sister who was raped
seized a sharp stake.
My sister who is a coolie
Declared the sickle her companion.
The mothers of martyrs
Trod the paths of their dead children.

Chorus

Youth with newly grown moustaches
Declared their life was revolution.
My well-read brothers
Said they would rewrite history.
The wise intellectuals
Claimed this revolution as their own.
Poets and artists declared
Their pens were their swords.
Historians began to write history
With fresh blood.

Chorus

Cars set out for shikar
With drivers who set off bombs.
Strikes put the brakes
on the empty promises
Spinning back and forth.
The security guard turned
on the man he was to protect
Taking his revenge.
The foot soldiers turned
And fired on their commanders.

Chorus

American and Russian bombs
Set these hearts atremble.
The forces of the world have risen
To end this oppression.
You can build a project
To halt a flowing stream.
You can launch a battleship
And sail on the swelling Ganga.
You can launch a rocket ship
And kiss any planet in the sky.
But as long as crores of people
Have no right to life
This war against hunger
Will not cease.

Chorus

What Is Wrong with You?

In the villages, people are not frightened by injuries—big or small. But you ask them to go to the Government Hospital, they begin to tremble. As soon as they enter the Government Hospital, they are given an injection. They know the treatment that will follow. White liquid. Red tablet.

And then the interrogation begins:

Q. What is wrong with you?

A. I've had fever for three days.

Q. How did it start?

A. I began to shiver and feel cold.

Q. What did you eat?

A. What can I eat? I ate what was there in the house.

Q. How do you feel now?

A. If I was fine, why on earth would I come here? It is only because I am unwell that I have come.

Q. How long have you had this fever?

A. For three days.

Q. What happens when you get the fever?

A. What always happens, happens.

They refuse to answer any question in a straightforward manner. In a Government Hospital everything should be free. But here, right from the prescription to the operation, the patient has to pay.

And so out of this experience I made this song. It was sung first in a basti. The response for this song was phenomenal.

~

I Won't Come to the Government Hospital, Son!

[*Chorus:*]

I will not come to the Government Hospital, my son!
I will not come to the Government Hospital!

If I die just perform my funeral.
If I live just pour me a handful of gruel.
A bribe in the queue! A bribe for the chit!

Arre! A bribe at the gate! A bribe for a cot!
A bribe for the cot! And a bribe for a plate!
Arre! A bribe even to piss! And a bribe for the piss pot!
The biggest doctor was to perform the operation
But showing me his knife
he took a hundred rupees.

Chorus

Where there is a needle, there is no medicine!
When there is medicine, there is no needle!
When there is both medicine and needle
Nobody to give the injection!
When there is milk, there is no bread!
When there is bread, the milk doesn't come!
Both milk and bread have come? But no nurse!
They put red colour in water and feed it to you.
They give you a white pill and you're done.
When a brother coolie was ploughing in the village
A thorn broke and pierced his toe.
First, his toe swelled up. Then his leg was all swollen.
It was full of pus and the flesh began to split.

He limped and he limped and limped all the way to the
    hospital
And said, 'Salaam, saar!'
The doctor applied some ointment on it,
'What good will that do, saar?' he asked.
The doctor said, 'Come meet me at home.'
When my coolie brother filled the doctor's hand
The doctor placed his hand in his
And said, 'A life for life, I guarantee your life.'
He said, 'I'll take off your toe.'
And then he took off his leg.
The hospital is exactly like the government!
The government may yet change but the hospital will not
When you're thirsty, you need the water pot.
When you're hungry, you need the rice pot.
When you're stark naked, you need a strip of cloth,
When the body collapses, send it to the hospital shed.
But when the shed itself is ruined, where will you send
    that body?

Chorus

The Goddess Festival

Translator's Note: Bonalu is a festival in which the goddess Kali is worshipped for protection from disease, pox and poverty. Typically, a goat or chicken is sacrificed to Mother Kali while women carrying decorated pots of water on their heads go dancing to the temple. The chicken is then cooked and eaten with pots of toddy. Lashkar[69] is the name of the town.

~

Lashkar Bonalu

[*Chorus:*]

It seems
Today and tomorrow
is the Lashkar Bonalu
When is our Bonalu, O Balamani?
When is our Bonalu, O Balamani?

I do not have a clean sari.
Nor a change of blouse.
Not a smear of kumkum for the bonam pot[70]
No chicken to slaughter for Kali Ma.
How can I raise a bonam, O Bavayya?
What do I pray for, O Bavayya?

Chorus

The children are young
They gaze longingly at the neighbours' faces.
By next year, who knows

whether we will be in the house
Or in flames?
Somehow we manage.
Scrounge here, scrounge there.
Somehow we will manage.
Slaughter a chicken, O Balamani!
Cook a coconut biryani, O Balamani!

A curse on all festivals!
May there be a funeral in the festival house!
Festival follows festival on each other's heels
For each festival the daughter and son-in-law arrive!
The mother-in-law promptly follows to fetch the daughter
	home.
And we must serve toddy and arrack to the in-laws
or lose our dignity and self-respect.
We are hungry people without food, O Bavayya.
We will be buried in debt, O Bavayya.

You keep saying debt-debt-debt
How much, after all, is this debt you speak of?
I am the one who brings home the food
I am the one who clears the debt.
You only have to cook food and serve
And yet you grumble '*Hoon…haan*'
Let the young one grow just a little bit more,
We can bond him to a farmer for a sum, O Balamani!
And clear all our debts, O Balamani!

Last year's debt is still unpaid.
I begged and begged the butcher
And brought home a goat head and legs

You can't see any of this, can you?
You won't see that we don't have a crumb
You say, 'Bring it on! Bring it out! Bring more!'
You order, 'Serve! Serve! Serve! Serve!'
I have wiped every pot clean, O Bavayya!
I slept on an empty belly last night, O Bavayya!

Chorus

What is in your heart, O Balamani, tell me!
Do not disturb my mind like this, O Balamani!

My young brother, the one after me, left home, O Bavayya!
He has gone to fight for the rule of the poor, O Bavayya!
If we follow that path and struggle beside him
Perhaps one day we too can cut a goat, O Bavayya!
We can raise a red bonam, O Bavayya!

Chorus

The Jatra Has Come

A Jatra is a temple festival. It is a village event where people gather to celebrate, fulfil vows, make fresh vows. An integral part of community life the Jatra has many components. There are fairs, magic shows, shops galore and performances of folk art. The visit to the Temple Goddess is important to fulfil vows taken, but the Jatra itself is a community celebration, a moment of hope, where people from all neighbouring and far-off villages gather to meet, celebrate, and for a short while, forget the hardships of daily life. Here I am comparing a revolutionary uprising to a people's festival by evoking the hope, sense of community and joy that the Jatra holds—to speak of the revolution. The promise of a better future free of hunger and desperation.

~

Let Us Go to the Jatra

[*Chorus:*]

Come woman! Let us go to the Jatra
A Jatra of Srikakulam[71]
A Yatra[72] of battle!
Let us go to the Jatra!

What is that Jatra, Amma?
It is the Jatra of the poor
Fellows with only a strip of loincloth,
Fellows with only a blanket or quilt,

Fellows without a daily meal,
Fellows who slog for a living,
Are bringing in the heads of the rich
And heaping them in mounds.

Chorus

We must bundle up the country bombs,
We must fill the cart with sickles and spades.
Bring the old women and the infants with you!

Chorus

Pile the guns and cannons in the cart
Raise a red flag on the cart
Walking in front of the cart
You must hail the flag.

Chorus

Tie the bulls, Rama and Bhima,
to the cart.
Give the young ones
planks and spears.
You must fill your pallu[73]
With chilli powder.
If anyone tries to stop the cart
Take the axle and thrash him thoroughly.

Chorus

The priests seek good days
to celebrate festivals
for the gods in temples

but for you there are none.
Bring your polluting bodies to the temple.
Sit on these chariots.
You will enter among the devotees.
That is the Jatra. This is the festival.
This is the Yatra. This, the pilgrimage.
People pile children and family
into bullock carts
To fulfil their vows,
With coconuts, chickens and goats.
They go on pilgrimage, they go on Yatra.
They are sheep flocking to God's Jatras.
Suddenly one day they will stop plodding.
From dull sheep, they will turn into ants.
Streaming, weaving, they will move
swiftly changing their path,
In the thick of the Jatra of struggle.

Chorus

Like Circling Vultures Around Her

I wrote this song which was included in the Telugu film *Rangula Kala*.[74] This is a song that describes the beauty of a woman that is devoured by the rapacious landlord and the woman's revolt against the landlord. It tells of the many ways in which resistance takes place.

~

Madana Sundari

Madana Sundari! Madana Sundari!
Madana Sundari with dense, dark, parted tresses
Ohoo! Madana Sundari! Ohoo!

Catching sight of the vermilion on your forehead
Glowing sparkling bright as in pictures
Madana Sundari! Madana Sundari!
Ohoo! Madana Sundari! Ohoo!
Madana Sundari!

He saw your dark pupils flashing in your eyes,
Madana Sundari!
He saw the pearl nose ring sparkling on your nostril,
Madana Sundari!
Ohoo! Madana Sundari! Ohoo!
Madana Sundari!
He glimpsed the beautiful belt decked with snakes
clasping your slender waist!
Madana Sundari!

[*Chorus:*]

Nare Nannare[75] Madana Sundari!
Madana Sundari! Nare Nannare!
Narare Naginandlo![76] Naga Naro Nannaro!
Ohoo! Madana Sundari! Ohoo! Ohoo!

The brute cast lustful eyes on you, Madana Sundari!
May his eyes be filled with poison juice, Madana Sundari!

Glimpsing your black pupils flashing, Madana Sundari
Madana Sundari! Madana Sundari!

Sighting the pearl nose ring sparkle on your nostril,
    Madana Sundari
Madana Sundari! Ohoo! Ohoo!

Madana Sundari! Ohoo! Ohoo!
Or perhaps the snake-bordered belt clasping your slim
    waist
Ohoo! Madana Sundari!

Or was it the zari border of your blouse
Clasping your slender waist, Madana Sundari
Ohoo! Madana Sundari!

Or was it you seeing your moving image
In the stream! Madana Sundari!

The lusty one laid eyes upon you, Madana Sundari!
Following you always...
May poison juice fall in his eyes!
Ohoo! Madana Sundari! Ohoo!
Like eagles!

Like hawks!
Like vultures!
Like falcons!
Circling around her!
May his lustful eyes be pierced by crows!
Madana Sundari!
May his teeth rot and fall off!
Oh! Madana Sundari!
Madana Sundari! Madana Sundari!

Madana Sundari with thick dark braided tresses.
Madana Sundari!
Where have you vanished, Madana Sundari?
Which brute devoured you?
Madana Sundari, of the sparkling nose ring,
And the snake-bordered belt clasping your slender waist
Madana Sundari of the thick dark tresses framing your
    face!
Oh! Where has it all vanished? Without trace!
Ohoo! Madana Sundari!

This Was No Suicide

The entire village was in tears. There was not one person who was not crying. The small children were holding the trees and calling out to their grandfather and crying, 'Thatha! Thatha!' They were hugging and kissing the trees and telling them how he used to bring them corn, and fruit from the fields. I went closer. I found it striking that he had chosen this place—quiet, green, shady, peaceful with a cool breeze blowing. In the midst of this he was lying down as if asleep—on his side, legs bent and head resting on his arm. None of those who came there disturbed him. He was a poor farmer. He had committed suicide. I don't call it a suicide. Even he did not want to give the impression that he had committed suicide. He seemed to be saying that he was dying happily. That was so moving. There are so many factors that pushed him in that direction. How do you translate this into a voice of protest?

~

Paddy Fields

> My peasant brother,
> Watering the paddy fields
> Turning into manure for the harvest fields
> Bleeding for the cotton fields
> Bowing and saluting the fields with your axe.

Whether
They be paddy fields
Or cotton fields,
Green fields,
Or vegetable fields.
It was
Your life! Your life! Your life!
And so in that very paddy field
You laid down your life silently!

The paddy fields are asking,
'Where is our farmer, our brother,
Who gave us water to drink?'
The cotton fields are asking,
'Where is the farmer, our brother,
Who sprinkled us with his blood?'
They are weeping:
Why do they weep?
They roll and fall as they wail;
Why do they weep?

Rahimanna

This song is about workers toiling for a living. The poem focuses on the punishing conditions of work and the unrelenting pain and despair that haunts them. Awakening them to the injustice they suffer, I prepare the ground for struggle. Rahimanna represents all the men and women toiling for a living.

~

Rahimanna, the Rickshaw Puller

[*Chorus:*]

Rahimanna pulled the rickshaw
Until his hands and legs snapped.
But the rickshaw will not budge.

Ramanna broke stones
Till the fingers of both hands
Were ground to stubs on the stone.
But the rock will not crack.

Chorus

Driveranna,
until your two hands, legs and eyes
Are worn out
The bus will not run.

Chorus

Hamalanna,
Until the weight of the rice bag bends your back
Not even a few morsels will reach your fingers.

Chorus

Sister going weeding,
Unless your limbs are rooted deep in slush
You will get no morsel to eat.
All your worth and wealth
rest in your mud-covered limbs.

Chorus

Rahimanna pulling the rickshaw,
Ramanna breaking stones,
Malanna driving a bus,
Komaranna the hamali,[77]
Durganna digging and ploughing,
Maisanna filling sacks,
Forgive us and listen!
Listen to our words, O peasant.

Chorus

Yellamma strewing manure,
Kamalamma going aweeding,
Have pity and heed our words
O sisters!

Chorus

Your only wealth is in your limbs.
If your limbs don't move
You won't fill your belly

If you have no work the whole day
You won't eat.

If you get a fever
and crumble in a corner
Yours is a dog's life.
As the years go by,
There is no change.
Ministers come and go,
But your fate will not change, brother.
They make plans
But your hut has never changed.
While you break your back with work
The interest has not been cleared, brother.
Your daughter has come of age at home,
her bee-like tresses, oh sister!
The moneylender comes to your door drooling.
The time has come, brother,
To drink poison and die.

Chorus

Your house in the hands of the Marwari,
Tomorrow or the day after
He will come to evict you
Throwing your things
Out in the street, brother.
Better to move now, to move
To the graveyard and live there, brother!

Chorus

You performed a niyaz[78]
For the Jahangir Pir.[79]
You slaughtered a goat

For Pocchamma under the bridge.
You offered a nose pin for Muthyalamma,
You went to Eluru Nacharam[80]
Countless times, my brother.
Your debt only grew greater
And your suffering did not cease.
Your son? He died
Shivering and trembling.
Why, my brother?

Chorus

Who is the cause
of all these troubles, my brother?
Gods? A demon? Or fate?
Is it sin? Is it virtue?
Or is it your last birth?
Listen to the Brahmin's words
Your troubles will not end, brothers.

Chorus

Instead, look at the village elders
fattened like pigs.
Instead, look at the lords and landlords
who drink fresh blood.
Look at the factory owners
and their henchmen.
When they are taught a lesson,
Only then will your troubles cease
My brother!

Chorus

She Kept Her Word

This was a song for Pedda Swarna, the Radical Students Union leader. A very daring leader. She was inspired to become an activist by the example of Seshanna, who was killed by the Akhil Bharatiya Vidyarthi Parishad. When the repression intensified she went to East Godavari and worked as a leader in the Naganna Dalam.[81] She was killed in an encounter in 1989. I saw the pamphlet about her death and wrote this song. After I wrote this song, many people came up to me and told me that if they died, I should write a song for them. I sang this song while I was underground and sent audio and video cassettes out. It reached lakhs of people. After I came out [from underground] in February 1990, I sang it on many occasions.

~

I Salute You, Mother!

[*Chorus:*]

My salutations! I salute you
My little sister, Swarnamma!

These drops of sweat salute you!
The stakes in the field salute you!
Mothers salute you!
Infants salute you!
Guns salute you!
Lean peasants salute you!

In Telugu land, in Telangana
In Telangana's Nalgonda.
Reaching for chilli powder
The crimson hearts that battled the Razakars[82]
Salute you!
Girl from Nalgonda,
You are the tilak on Chilakamma![83]

Chorus

Drawing sisters into the struggle,
You went around the villages.
Meeting the sisters who were weeding,
You told them the truth of village life.
You asked why the old mother,
Her back bent with planting,
Had not a drop of oil for her hair.
The mother who planted.
The mother who weeded.
The mother who harvested.
The mother who carried the grain.
How could it be, you asked,
There was not a grain of food for her?
You said: Bind your sari to your waist!
And take up your sickle!

Chorus

The one who ploughed got no grain
You raised *Jai Jai* for Akka Jyothi.[84]
When you raised your voice in a slogan,
Hearts filled with deceit exploded in fear.

When you sang of the lean peasants saying,
'Bharata desa is the land of wealth,'
All the brothers and sisters who heard the song
Raised their voices and took a step forward.
You became a song of the struggle!
You became a page in history!

When Swarna came to the forest,
Mother Forest cherished and caressed her!
When Swarna came to the forest,
her Girijan brothers brought
Gifts of bows and arrows.
They embraced her as a sister.
They told her of their struggle.
The heroes fired their guns;
they gave her the Red Salute!
She reached for the gun
and joined the guerrilla group!

Chorus

With cool water
The streams quenched her thirst,
When Swarna wearied of climbing hills,
The trees offered shade to their sister
who had roamed in the blazing sun.
When Swarna was sad,
The parrots and koels sang to her.
Seeing her curling tresses,
The wild jasmines wove wreaths around her.
The mothers in the thanda[85]
Taught her their language,

Taught her to live.
The brothers taught her
To design bombs and fire guns.
Swarna, learned to aim her gun
at the black heart of the oppressor.

Chorus

When the surrounding police
Fired on her brothers-in-arms,
She gnashed her teeth and
became Kanakadurga!
She became Kalimatha!
She became Jyothi Akka!
She became Nirmala Akka![86]
Lifting the flag dipped in blood,
She fired the gun again and again!
Lifting her wounded guerrilla brother
And throwing him over her shoulder
And crossing pools of blood,
She came to the gudem![87]
She suffered for her brother
Who was drawing his last breath.
It was for him
She aimed her gun!

Chorus

Numberless police wolves
Surrounded the hut in the gudem
Shouting, 'Drop your guns,'
They showered her with bullets.

As long as there was life in her
She refused to drop the gun.
With the flame of Jyothi Akka in her heart
She fired shot after shot,
She kept her word, Amma! (My Akka Swarnamma)
Her life was fulfilled, Amma! (My Akka Swarnamma)
We will walk her path, Ammo! (My Akka Swarnamma)
We will reach for our gun, Ammo! (My Akka Swarnamma)

The stinking life of the factories,
The wasted life in barren fields,
The moaning of the coolie,
The forest lives that have scattered,
The lives of sisters imprisoned,
These are the lives she studied.
Town, village, forest or gudem
She turned those lives over and studied them,
She studied the book of life,
She said the gun was her companion.

Chorus

She said: Lathi blows and gun shots
Can't stop the piercing dawn.
As long as she could walk, she would not stop
She escaped jail,
She hid in the hearts of people.

Chorus

She hunted down the villain
Who made women dance naked for Bathukamma[88]
She struck him again and again and said,

'Orey! I was born naked
from my mother's womb!'
Avenging the dishonour
Of her mother and sister,
She picked up a gun
Swarnamma!

Chorus

My Son Has Gone to Serve the World

The dark clouds of the Emergency had begun to gather in the sky. I left my home and my family and set out to go underground. After many days, I felt like seeing my mother; there was a deep bond between us. After my father died, she worked as a coolie and educated us. She believed that once you taste money, you will never study. So she was firm that we should not work. I was the one who continued with my education and joined Engineering College. She was very proud of me, but soon my life began to take another direction. I could see that I would not be able to become an engineer; the education system was geared towards ensuring that the money remains with those who have it. I began to get involved in the struggle. If anyone asked what I was doing, I would lie. I would say I was a student.

But my mother grew suspicious. 'How come he hasn't come home for so long? He hasn't even asked for money.' She started asking around. She went to my hostel and was told that I was no longer in the hostel. She asked my sister what was going on. My sister did not tell her. Then she heard that I had given up my studies and she understood. When someone asked her where her son was, she replied, 'I gave birth to my son for this world. He has gone off to serve the world.'

One day, some of us, including Cherabandaraju,[89] were walking past Mahankalamma Temple in Secunderabad. I saw my mother and two relatives drinking tea at Alpha Hotel—on their way to board the train at Secunderabad station. I hid because I did not want her to see me. That

"

was my weakness. I was afraid that if I met my mother or Vimala while I was underground, I would desert the revolution. For the entire period that I was underground, I did not establish any contact with my mother or with Vimala for this very reason. Cherabandaraju could not understand why I was hiding. So he hid too, believing there might have been policemen around. Once they had passed, I had tears in my eyes, and told them that was my mother. My friends told me that she was sitting under a tree wailing for me. She knew then that I had joined the Naxalites. When Chenna Reddy[90] came to power he said that Gaddar is an artiste and he can perform freely. So I came out from underground on 17 February 1990. There was a huge meeting in Nizam College grounds on 18 February 1990. K.G. Kannabiran was also present at that meeting. Every paper carried my photo on the front page, including *Eenadu*. My mother was in the fields. My friend took the paper to her and said, 'Lacchavva, Lacchavva, look. Your son's photo.' She simply looked at him and said, 'What do you want me to do? Should I anoint it with water and drink it or do you want me to hang it around my neck?' She did not even come to see me right away. She was realistic and looked for results, for change. She came much later. I wrote this song for her. But I was not the first to sing this song. At the meeting where the Radical Students Union and Progressive Democratic Students Union[91] split, Sandhya[92] sang this song for the first time. I sang this song myself only much later.

This song is also known as 'Sirimalle Chettu Kindha'.

~

Under the Jasmine Tree

Under the fine jasmine tree,
You sit so desolate.
Oh Lacchumamma! Oh Lacchumamma!
Why Ammo? Why Amma?
Standing knee-deep
In the slushy field;
Taking each step backwards
Like a bullock,
Planting seedling, after seedling
Oh Lacchumamma, Lacchumamma!
Your back has been broken,
Oh Lacchumamma! Lacchumamma!

Touching feet and touching bellies,
begging for work,
You harvest for the Dora
And carrying the paddy sheaves
you walked quickly, you walked briskly.
You slipped and fell.
Lacchumammo, Lacchumamma!
Your hands and feet snapped,
Oh Lacchumamma!

Your hair is matted.
Your blouse is tattered.
You can't find a coin
To buy a new one.
You draw your tattered hood across it,
Lacchumammo! Lacchumamma!

You went out for coolie work
Lacchumammo! Lacchumamma!

Stale rice
burnt gruel
you pour cold starch over it.
You gulp it down.
But, oh, the vomiting and purging!
Oh Lacchumammo! Lacchumamma!
Your ribcage has shrivelled,
Lacchumammo! Lacchumamma!

The gale came and blew your hut away.
You have not even a tattered mat
Or rags to stitch a quilt.
You shivered in the cold
while your infant boy died.
Lacchumammo! Lacchumamma!

As your little ones
grew desperate with hunger,
You went to cut corn
for Anna Reddy.
When you went
Your legs were all swollen.
Lacchumammo! Lacchumamma!

Under the huge lands
On the landlord's fields,
You went to scatter manure
And oh! A red scorpion stung you.
Lacchumammo! Lacchumamma!

You rolled all over the field
With the burning pain, the stinging pain,
Lacchumammo! Lacchumamma!

Dassera has come.
Not a paisa in your hand.
Deepavali has come.
Not a lamp in your hand.
Sivarathri has come
And you must fast.
How can you
when your whole life is Sivarathri.[93]
Your whole life is Amavasya.[94]
Lacchumammo! Lacchumamma!

Thinking it was fate
You went to the seven streams.[95]
Thinking it was misfortune
You went to Nacharam.[96]
On the way, those rascal thieves
grabbed your bundle of food.
Lacchumammo! Lacchumamma!

Pocchamma from next door,
Ellamma from the back house,
Muthamma from the house in front,
Eeramma from across the street,
Have gathered in the hills of Komrelly.
They say the coolies must get food.
They have set up a furnace
Lacchumammo! Lacchumamma!

How long have you been weeping?
How much longer will you weep?
How long will you keep wiping those tears?
What have you gained
with all that weeping?
Your fellow sisters
Your own brothers
Have joined the Red Army
And raised their sickles.
Sharpen your sickles, too
Lacchumammo! Lacchumamma!
And join the army of workers,
Lacchumammo! Lacchumamma!

They Have Come!

Translator's Note: This poem is about the arrival of the dalam and the hopes it raised.

~

The Brothers Have Come

[*Chorus:*]

Those are big brothers,[97] my mother!
They are the eyes of the peasant, my mother!
They are the backbone of the revolution

Wastelands bloomed where you walked.
The flowers and branches that saw your smiles
Put out tender fruit competing with each other
The fields that were ready for harvest
yearn for your touch as sickles[98]
To harvest them and eat your fill

Chorus

The young boys who graze cattle
Saw the big brothers and rejoiced.
You can reveal millions of troubles in your eyes
To your big brothers and then play freely,
Your hearts free from care

They will impress your minds.
When you see the big brothers
You leap up and frisk like happy calves!

Chorus

When there is a knock at midnight,
Sisters rise saying, 'The brothers have come!'
Mothers and grandmothers
Bless you with lives of a hundred years.
Infants turn away from the mother's breast
Stretching out tiny hands to leap into your arms

Chorus

Uniting the peasants and shepherds
You made them count.
You brought simple heads
and thick heads together
Bringing them ashore you taught them truths.
You taught them that the world they saw
Was built on the blood of those who toiled all day.

When the bullocks at the plough saw you,
They signalled the peasants that you had come.
Seeing you, the peasants stopped ploughing
and rejoiced. They gave you their
food bundles,
urging you, 'Eat! Eat!'
They told you of the landlord's cruel grip!
And of the police ambush and warned you,
'Take care! Take care!'

Chorus

We sit here easily stretching out our legs, children
If you win this battle for life

You must live a hundred years.
You, our beautiful children
You, our honest children
And the truth must triumph.

Chorus

We will not suffer for ever.
No more tears and troubles.
You promised life would change
For these people with no hope.
Change is the secret of nature:
A seed sprouts and gives a fruit.
The kingdom of the poor is a universal truth
And shouting 'Satyameva Jayate' they fell
Martyrs in the struggle for freedom.

There Is Nothing to Buy

Translator's Note: This poem is about the end of the Emergency when grain was still scarce, and Indira Gandhi was defeated and Morarji Desai came to power.

~

Nagulo Naganna

There is nothing to buy
There is nothing to eat
Nagulo Naganna![99]
The prices are soaring
Nagulo Naganna!
Amma[100] got off the throne
Ayya got on the throne
Nagulo Naganna!
But the prices soared higher and higher
Nagulo Naganna!
The fever turned my mouth
To dung and slush.
Thinking of making a chutney
I went to buy tamarind.
The price mocked me,
Nagulo Naganna!
Thinking I would feed the new mother
a little boiled dal
I took my clothbag
And went to buy a ser[101] of dal.
But a ser of dal was beyond my reach,

Nagulo Naganna!
I didn't even get a chatak,[102]
Nagulo Naganna!
It was a noisy festival day
I wanted to cook a little payasam
I went to buy a little sugar
But the price of sugar
Sent my head reeling like a falling star,
Nagulo Naganna!
In the hubbub of Dassera
I went to buy the children some cloth
The width of cloth they showed me
Was but a hand span.
But even were I to pawn myself
I could not have afforded it.
Nagulo Naganna!

To buy some kerosene
We stood in a long line.
The shopkeeper rattled the tins and closed the doors.
When I returned to the hut with an empty tin
The lamp flickered and went out.
Nagulo Naganna!
My whole hut was pitch dark,
Nagulo Naganna!

In this empty rattling state
Our guts rattle emptily.
To overthrow this empty rattling state
Start grinding your teeth
Nagulo Naganna!

Like thieves who get together
And divide up the villages,
The landlords have joined hands
To break this country to pieces
Nagulo Naganna!
We must wage war
Nagulo Naganna!

Salutations

Translator's Note: This poem salutes the martyrs of the revolution.

~

Vandanalu

[*Chorus:*]

Salutations, salutations to our children!
Salutations to you, our little ones!

Heroes! Warriors of the revolution!
Warriors of the revolution!
Children of the peasants!
One by one you fell and flew to join the stars!
You grew into blazing suns!
Our children became guiding stars
leading the helpless.
Oh, our young ones!

Chorus

When the crows caw, we open our doors and ask,
'Who is going to visit?' We wait for an answer.
Children, our children, will you come as crows?
Will you quench the thirst of our wombs?

Chorus

When the village sparrow comes we let it build its nest.
We watch to see that the pair is not separated.

Will our children turn into the eggs of the village sparrow?
Will our children be the chicks from those eggs?

Chorus

We have reared and cherished goat kids that have lost
        their mothers.
We feed them your share, your fistful of rice.
Will our children become the limbs of those goat kids?
Will they shake hands with us and go, oh children?

Chorus

We will bring hens for the cocks that are single
We let the first egg that is laid hatch in your name.
We will provide water for the chicks hatched
We will shelter them like mother hens from the eagles'
        swoop.
We will shelter them in our ribs.
We will satisfy a mother's longing for our children!

Chorus

We will protect that pregnant cow,
Sheltering her as we do the pupils of our eyes.
We will feed her with green grass and fodder
And protect her with our lives.
When she goes into labour,
We will deliver the calf and guard her.
When the calf licks the mother's udders,
We remember the loves of our mothers.
Will our children come back as our labour pains?
Will you be born again to us?

Chorus

Children, I gave birth to you,
Not to your fate!
I birthed you and flung you out
from my safe womb on this cruel earth.
I gave you milk and looked after you like my life
Till your limbs grew.

But you wanted a good life
And to change this miserable life
The path you took was frightening.
I do not know why you took that path.
Beating my breast I roamed
The seven worlds, calling out to you,
Calling, 'My son, my son.'
But not once did I get a glimpse of you.

The mother crow brought a message:
'Your son has been shot.'
Will you come as a mother crow then?
To satisfy our mother longing!
Our heroes, our heroic sons!
Warriors, why did you take the path?
Why did you seek the revolution?

Holi

I wrote two songs immediately after the Emergency. This one and 'Lal Salaam'. This song was written for the boys who were killed in the Girayapalli encounter[103] that led to the setting up of the Bhargava Commission.[104] The song captures the feelings and reactions of ordinary people to the deaths of youngsters: 'They say they are Naxalites, they are robbers. But they didn't look like that. They spoke to us nicely. They ate with us, slept in our homes. They were like our children.' This was a song that roused the youth immediately after the Emergency. This was sung first in the Warangal Radical Students Union meeting. I was very close to these boys who were killed. So I wrote this with a lot of feeling. This is basically a woman's song. I ended it with a reference to Kali. I was asked to remove the reference: 'Why do you return to the gods?' they asked me. But I refused. In revolutionary language, if we were to translate it into people's language, Kali wields weapons. Mothers say that we will avenge the deaths of our children by becoming Kalamma.

~

Holi, Shining Holi!

[*Chorus:*]

Voli Volila, rangula Voli, sammakelila Voli
[Holi, Holi, colourful, shining Holi]

Where were you born? Where did you grow?
From where did you come? Where did you die?

For whom did you come?
For whom did you die?
Whose womb are you the fruit of?
Of which Coolie Mother's heart are you the beat?

Chorus

They studied much
They roamed from village to village
And finally came to the Malapalli[105]
Drank ganji[106] and gruel
And slept on the hills.
They are the muscles of the peasant
They are the hearts of the farm coolies.

Chorus

They have girded their loins
To save the lives of the coolies
Abuse them and they will turn on you, Amma
Hit them and they will hit back.
Their names spell Holi, a shining Holi.
Their names make the village elders
Piss in their dhotis

Chorus

They tell the secret of the thieving landlords
Threading beads and deeds, beads and deeds.
They have sweet words, they give good advice.
They are heroes, real heroes, Amma.
They are slaves turned heroes, Amma.

Which village child? Which town?
We are ignorant people,
We get by, we get on, we manage.
But you, you must live a hundred years[107]
May you be cool and comfortable all your life!
Don't lose your lives for us, child.
Don't let them catch you and torture you.
Come hide in my hut, child.
Come hide in my heart, child.

They bond with the coolie's bellies
They know their life and their language
The coolie's language and their enemies are theirs
Madigala Malanna[108]
Sakalolla Sayanna
Mallolla Malanna Kulolla Komaranna
Lambadi Lacchanna
Chenchu Chandranna
Like a fish to the water
The brothers made friends, Amma.

Chorus

Catching the boys in broad daylight,
The villains beat them savagely.
They broke joint after joint
And let reptiles into their trousers
Torturing each in a different way.

Chorus

They blindfolded our sons.
They took them deep into the forest.

They tied them to trees.
They aimed their guns at them.
The birds flew away.
The pigeons scattered.
They fired shot after shot.

Chorus

The east turned crimson, Amma.
Just close your eyes and open them.
You see them move before your eyes.

Just lift a foot to take a step,
You find them tangled in our feet.
Our beautiful sons have reached the stars
We can't forget you, sons,
not even in our dreams.
Children, we cannot forget you
even in sorrows.
Each of us will turn into Mother Kali
To take revenge.

Chorus

A Mother's Lament

Translator's Note: This song is a mother's lament for her underground children who have been found and killed by the police.

~

Where Have You Gone, My Children?

Where have you gone, my daughters, my sons?
When will you come and meet us, my children?
Will you fall like the leaves of a young shoot?
Will you bloom as flowers, my daughters and sons?
Will you shine as the lightning above the clouds?
Will you turn into stars, my daughters, my sons?
Will you become the hearts of infants unhatched, my
    daughters, my sons?
Will you be our support and our comfort, my daughters,
    my sons?
Will you become the wings of hatchlings, my daughters,
    my sons?
Will you come flying in the wind, my daughters, my sons?
If I plant a guava tree, will you visit it as parrots, my
    daughters! My sons!

Will you greet us and go, my daughters, my sons?
Will you leap as fish into the slow-filling lakes, my
    daughters, my sons!
Will you surface in our eyes, my daughters, my sons?
When the dappus and dholaks sound, my daughters,
    my sons,
Will you come as beats?

Will you lighten our burdens, my daughters, my sons?
Will you become birthmarks on the unborn calves, my
    daughters, my sons?
Will you return as our kinsfolk, my daughters, my sons?
Will you wake us as crows in the dawn, my daughters,
    my sons?
Will you caw and fly off in the early morning, my
    daughters, my sons?
Will you kiss us and go, my daughters, my sons?
Where have you gone, my daughters, my sons?
There is no end to expectation, no limit to Mother
    Nature, my daughters, my sons.
She looks forward to the rain, the breeze, the dawn.
Hunger waits, waits for food to be served.
The calf awaits her mother cow.
The expectant mother awaits her birth pangs.

On Dassera, will you come as jammi[109] leaves, my
    daughters, my sons!
Will you come as a child of the Rytu Coolie Sangham,[110]
    my daughters, my sons!
Will you come to us as flags, my daughters, my sons?
Will you remain in our hearts, my daughters, my sons?
Will you come as the sickle and hammer on the flags
    we carry, my daughters, my sons!
Will you ever appear before our eyes, my daughters, my
    sons!
If we reach for guns, will you come as bullets, my
    daughters, my sons?
Will you show us the path and go, my daughters, my sons?
Show us the path and go, my daughters, my sons!

NOTES

1. Experience is never simple but an intuition. Repeatability consists of what is past and no longer present and what is yet to come. The present is always complicated by non-presence. The minimal repeatability in every experience is the 'trace'. The empirical event is not an accident that can be removed. It is a non-separable part of the structural or pending event.

2. A grapheme is the smallest meaningful contrastive unit in a writing system.

3. Venkat Rao, 'Writing Orally: Decolonization from Below', *positions*, vol. 7, no. 1 (1 February 1999), pp. 253–67, doi: 10.1215/10679847-7-1-253.

4. Srikakulam is a city and the headquarters of Srikakulam district in the Indian state of Andhra Pradesh. It is the site of the uprising of peasants from 1967 to 1970. On 31 October 1967, two communist activists, Koranna and Manganna, on their way to attend the Girijan Samagam Conference, were killed by landlords at Levidi village. As a response to their killing, peasants began to take land, property and food grain from the landlords. Even though Naxalbari is symbolically and politically relevant, in Andhra Pradesh, Srikakulam is the epicentre of revolutionary struggle.

5. Gaddar discusses the artistic process of the Jana Natya Mandali in his note to the poem 'Koolanna'. See page 74 of the present volume.

6. The gongadi is the traditional coarse sheep's wool blanket that shepherds in Telangana wear through the year.

7. The dappu is a flat drum; also an integral part of Telangana culture, used in celebrations, festivals and funerals.

8. Annaprasan is the first ritual feeding of solid food to a child. It usually consists of soft rice, dal and ghee. Avakai is the

hot chilli and mustard mango pickle which is a staple of Telugu people.

9. Pallu is the Telugu word for the corner of a woman's sari which children tend to cling on to.

10. Burra Katha is an oral storytelling technique of rural Andhra Pradesh and Telangana. It is part of the Jangam Katha tradition, which tell stories from Hindu mythology, Jangams being an order of Shaiva monks. Performed by three individuals—a lead with a tambura who sings the main story and two co-performers—it moved from religious to (often) social and political themes in the early twentieth century.

11. Bongu Narsing Rao (born 1946) is a film director, screenwriter, poet, composer, producer, actor and painter known primarily for his work in Telugu cinema and theatre. He has received five National Film Awards, as well as various international honours.

12. Baddam Bhaskara Reddy (1944–1982), better known as Cherabandaraju was a revolutionary poet. He was one of the 'Sensational Six', also known as the Digambara ('naked') Poets of the mid 1960s in Andhra Pradesh. In July 1970, he co-founded Viplava Rachayitala Sangham (Revolutionary Writers' Association), or Virasam, along with other revolutionary poets such as Varavara Rao, K.V. Ramana Reddy, Nagnamuni, Kutumba Rao, Rachakonda Viswanatha Sastry, and Sri Sri.

13. Songs composed by Subbarao Panigrahi, Jamukula Kathas are a new dramatic form which paved the way for a wider mass awakening.

14. Uggu Katha or Oggu Katha is traditional folklore presented through song, praising and narrating stories of Hindu gods Mallanna, Beerappa and Yellamma. These are primarily ballads sung for Lord Shiva that originated among the Kuruma (Kuruba) and Golla (Yadava) communities in Andhra Pradesh and Karnataka.

15. Voli is the term for Holi; 'rangula Voli' simply means 'colourful Holi'. This poem is included in this volume. See page 128.

16. The Girayapalli encounter was an encounter where four youth—Surapaneni Janardhan (Warangal Regional Engineering College student), Lanka Muralimohan Reddy, V. Sudhakar, and K. Anandarao—were taken in a police van to the Girayapalli forest in Medak district, tied to trees, blindfolded and shot dead on the night of 25 July 1975. Y. Bikshapati, an eyewitness was let off. He died on 4 August 2020, aged 73. This was the first encounter that became public. Enquiry into the encounter led to the Tarkunde Committee report which resulted in the establishment of the Bhargava Commission. The Bhargava Commission was set up to inquire into the killings of over three hundred alleged Naxalites in 'staged' encounters by the police.

17. The Tarkunde Committee was a fact-finding committee set up under the leadership of Justice V.M. Tarkunde with Arun Shourie (Secretary) and K.G. Kannabiran (Organizing Secretary) to investigate the encounter killings of Naxalites in Andhra Pradesh.

18. The Bhargava Commission was appointed by the Andhra Pradesh government to inquire into the killings of alleged Naxalites by police. The inquiry, which began in July 1977 and lasted eleven months, was eventually aborted. It was led by Justice Vashishtha Bhargava, former justice of the Supreme Court.

19. See also note 110.

20. The Karamchedu massacre refers to an incident that occurred in Madigapalle, a Dalit colony in Karamchedu, Andhra Pradesh, on 17 July 1985. On that day, a brutal assault on residents of the colony by members of a dominant caste resulted in the killing of six Dalits and grievous injuries to twenty others.

21. K.G. Satyamurthy, a writer, known by his pen name,

Shivasagar, was one of the founders of the People's War Group. He once famously remarked that a Dalit in the party is like an ant among elephants.

22. Paritala Ravi was the son of Paritala Sriramulu who was a member of the People's War Group. Ravi was a leader of a faction in Rayalaseema which is governed by factions and anti-social elements. But his link with the People's War Group was well-known. When our comrades were released from jail, it was Paritala Ravi who drove them and dropped them back in the forest. Remembering that, I took some flowers [to his funeral]. So while the Party used his services, it was not happy with a public acknowledgement of respect towards him.—*Au.*

23. M. Kodandaram was a professor in Osmania University, member of the Andhra Pradesh Civil Liberties Committee, and later an important member of the second wave of the independent Telangana formation struggle.

24. In Arunodaya Rama Rao and Vangapandu Prasad, ed., *Prajalapatalu-Anubhavalu. Lectures by Gaddar*, Tirupati: Virasam, 1979.

25. Bhagavatham is Krishna's advice to Arjuna on the battle field.

26. Ganesh Chaturthi, also known as Vinayaka Chavithi, is a Hindu festival that celebrates Lord Ganesh's arrival with Goddess Parvathi, his mother, from the Kailash Parvat.

27. A local organization of that time.

28. The song depicts the birth of Rama, his marriage to Sita, and the battle with Ravana.

29. Bobbili Yuddham, or the Battle of Bobbili, was a war fought between Bobbili and Vizianagaram in 1757. The Bobbili Fort—stronghold of Gopalkrishna Ranga Rao, a chieftain under the suzerainty of the Princely State of Vizianagaram—was attacked on 24 January 1757. The combined might of the Maharaja of Vizianagaram and the French destroyed the fort and killed many Bobbili soldiers.

The Bobbili army general Tandra Paparayudu has acquired the status of a legend; he is said to have assassinated the Vizianagaram Maharaja during the battle.

30. Palnati Yuddham, or the Battle of Palnadu, is the battle fought over the region of Palnadu, shared by the Guntur and Prakasam districts of Andhra Pradesh. The battle is believed to have taken place sometime in CE 1178–1182, over an internecine feud between two stepbrothers—Nalagamaraju, the ruler of Palnadu, and Malidevaraju.

31. Alluri Sitaramaraju (1897–1924) is a legendary Indian revolutionary from Srikakulam, Andhra Pradesh.

32. Telugu word for 'new'.

33. Gudumba is illicit liquor often brewed in homes, made earlier from molasses. When molasses became hard to come by, black jaggery, which is cheaper but harmful, was substituted for it. Gudumba is known to often be spiked with poisonous chemicals, which has even led to deaths. The following lines indicate the way in which gudumba was referred to as gud in everyday conversations and imply its prominence in the basti.

34. Dhulipet is an area known for the brewing of illicit liquor.

35. Sara is a form of local liquor.

36. Jeethagadu is a bonded labourer.

37. Words used to praise the Prophet Muhammad which mean: Oh, my prophet, peace be upon you. Salawatula alaika is a salute to the beloved Prophet.

38. SI is a reference to the Sub-inspector rank in the police.

39. Circle fellow is a reference to a Circle Inspector, a higher rank than the Sub-inspector.

40. Arunodaya Rama Rao (1955–2019) was a folk singer, activist and a founding member of the Arunodaya Cultural Association. He was an active member of the Communist Party of India (Marxist-Leninist) New Democracy. He made his debut performance as a folk artist in 1975.

41. Mala and Madiga are Scheduled Caste communities mainly

from Andhra Pradesh, Telangana and Karnataka. Gaddar
turns these names into honorifics by adding the suffix 'anna'
(elder brother).

42. A yuvajana sangham is a youth group or a youth collective;
the kind that is being referred to here would likely be one
with radical leanings.

43. Marri Chenna Reddy (13 January 1919 – 2 December
1996), a leader of the Indian National Congress, was the
chief minister of Andhra Pradesh from 1978 to 1980 and
from 1989 to 1990. He also served at different points in his
political career as the Governor of Uttar Pradesh, Punjab
and Rajasthan.

44. A designated unit of revolutionaries.

45. Vempatapu Satyanarayana, or Satyam, was one of the
martyrs of the Naxalbari movement.

46. Rail Nilayam is the zonal headquarters of the South Central
Railway zone of the Indian Railways. A well-known
building in Hyderabad.

47. Garib means poor.

48. Kolattam is a stick dance form popular in Andhra Pradesh.
Similar dance forms are known by different names in
different parts of India.

49. Pallavi here means 'refrain'.

50. Amavasya, or the new moon night, is linked to misfortune
and darkness, generally seen as a night of ill luck.

51. Sammakka and Sarakka are forest goddesses worshipped
by the Koya tribals. There is a tribal story about how the
mother-daughter duo saved the village from an unjust
tax law in the thirteenth century by the Kakatiya dynasty.
They are celebrated in a Jatra which is performed according
to Koya traditions and by Koya priests. Because of the
perceived power of these goddesses, other local tribals and
people from all over Telangana flock to the Jatra held near
Warangal. The People's War Group also participated in the
Jatra to influence and draw tribals to them.

52. Lakshmibai, the Rani of Jhansi, an Indian queen of the Maratha princely state, much celebrated in folklore in north India, especially for her fierce resistance to the British in the uprising of 1857.

53. Rani Rudrama (r. 1263–1289/95) was a queen of the Kakatiya dynasty in the Deccan Plateau. Scholars have noted the male persona she constructed for herself to bridge the gap between the fact of her political power and the dominant patriarchal attitudes prevalent at the time.

54. Shobakka was a martyr of the movement. She headed dalams, or revolutionary units, which were brutally hunted and killed by the police.

55. Kumarakka is a goddess known for her bravery, a heroine all across Telangana.

56. See note 41.

57. S.R. Sankaran (1934–2010) was Indian Administrative Service officer. Personally invited by Tripura's chief minister, Nripen Chakraborty, he became the Chief Secretary of the state and served for six years in that capacity. He is also well known for his contributions to the enforcement of the Abolition of Bonded Labour Act of 1976, earning him the epithet 'the people's IAS officer'.

58. Jana Natya Mandali was the most popular cultural organization in undivided Andhra Pradesh. It was the cultural wing of the People's War Group. See the translator's introduction in the present volume.

59. See note 40.

60. Gaddar talks about this song in his 1979 speech included in the present volume. See pages 38 and 39.

61. This is a reference to the Tsundur massacre that took place on 6 August 1991 in the Tsundur village in Guntur, Andhra Pradesh. On that day, thirteen Dalits were brutally murdered by upper-caste men.

62. See note 20.

63. Kotesh was a Dalit labourer accused of stealing a bronze

tumbler by upper-caste people who poured kerosene on him and burnt him alive. The incident took place on 24 February 1968 in Kanchikacherla, Krishna district. This was one of the earliest incidents that forced the nation and leading political figures, including then-Prime Minister Indira Gandhi, to sit up and take notice of atrocities against Dalits.

64. This is a reference to the massacre of Malas (Dalits) by the Kammas in Neerukonda village in Guntur in 1987.

65. This refers to an incident that took place in the Thimmasamudram village, Prakasam district, on 17 January 1991 when Dalits were driven out of the village in an assault by upper-caste men owing allegiance to Telugu Desam leader and Member of Legislative Assembly, Karanam Balaram. Explosives are said to have been thrown at Dalits and Backward Caste people who had been cultivating on eighty acres of government land in the area.

66. See note 48.

67. Landlords were referred to as 'Dora'.

68. Members of the Adivasi, or tribal, community of India.

69. Lashkar ('army') is the name locals used to refer to Secunderabad; so called after the army camp set up there by the East India Company, to station a battalion, after a treaty with the Nizam in 1798.

70. Bonam are pots of water decorated with vermilion, turmeric and flowers. These pots are carried to the goddess and emptied over her to calm her so that she would keep the community safe from the pox, and protect livestock, crops, etc.

71. See note 4.

72. A Yatra is a journey to a holy place; a pilgrimage.

73. It is a common practice among Indian women to tie jewellery to their pallus, or sari corners. Often women, mostly poor women, turn those corners into wallets for carrying money or other items by tying them up in bundles.

Gaddar is asking them to carry chilli powder in them to use it for their defence.

74. *Rangula Kala* is a Telugu film in which a disillusioned painter comes to oppose the art of the elite. Gaddar wrote the songs and composed the soundtrack for this film.

75. A rhythmic beat which indicates movement to and fro.

76. A rhythmic beat which invokes the snake god, Naga.

77. A hamali is a labourer who carries, loads/unloads luggage or goods; a porter.

78. Niyaz refers to the offering of food to others on any particular occasion, near the shrine of a saint. Niyaz are deeds that one does to gratify Allah.

79. The Jahangir Pir Dargah is a famous shrine that sits on the outskirts of the city of Hyderabad. It is the shrine of the Muslim saints Hazrat Jahangir Pir and Hazrat Burhanuddin, fifteenth-century immigrants from Baghdad. The shrine has been a symbol of communal harmony and respect among people of Hyderabad, and receives visitors from various places both in and outside India. Both Hindus and Muslims are known to visit the Dargah festivals.

80. Eluru Nacharam is a location in the outskirts of Hyderabad city. It is a site of pilgrimage for the poor, with temples that house idols of Renuka Yellamma and Narasimha Swamy.

81. A dalam is a designated unit of revolutionaries, which can be armed or cultural. Naganna was the chief of one such dalam.

82. Razakars were the armed militia during the time of the Nizam in the Deccan. They resisted the integration of Hyderabad State into the Dominion of India.

83. Chilakamma is a tribal goddess.

84. A martyr of the movement.

85. A thanda is a settlement of Lambadas/Lambadis, or nomadic communities.

86. Nirmala was a martyr of the revolution.

87. A gudem is a tribal habitation.

88. Bathukamma is a goddess of plenty worshipped over nine days around September–October every year. Gayly decked women dance in circles, clapping hands or sticks around pots of water elaborately decorated with flowers, haldi and kumkum. After the dance, the women pick up the pots and walk to the temple where they offer oblations to the Goddess. On 27 August 1948, the Razakars raped and slaughtered ninety-two residents of Bairanpalli in Warangal. They made women play Bathukamma naked. Here it is also a reference to the common humiliation of women by police or anti-social elements.

89. See note 12.

90. Former Andhra Pradesh Chief Minister. See note 43.

91. The Radical Students Union was the revolutionary students' wing of the Communist Party of India (Maoist)—or KS group as it was referred to, after Kondapalli Seetharamaiah. The Progressive Democratic Students Union was the student wing of the Chandra Pulla Reddy group (or the CP group as it was often referred to) of the Communist Party of India (Marxist-Leninist).

92. Sandhya was a revolutionary leader.

93. Sivarathri is a popular festival celebrated in honour of Lord Shiva where the entire night is spent in fasting and prayer.

94. See note 50.

95. A river splits into seven streams near the hills of Komrelly, the site of the Mallikarjuna Swamy Temple. It is also the site of an annual Jatra.

96. See note 80.

97. Big brothers or 'Annas' are the Party cadres. 'Anna' and 'Akka' were the way comrades were referred to by the common people, the poor.

98. Sickle here also means feeding the comrades: the grain is craving to be eaten, waiting to be harvested.

99. Nagulo Naganna is an invocation of the cobra.

100. Amma here is a reference to Indira Gandhi, and Ayya is a reference to Morarji Desai.

101. A ser is a measure commonly used, roughly equivalent to about eight hundred grams.

102. A chatak is a measure of grain roughly equivalent to about fifty grams.

103. See note 16.

104. See note 18.

105. The ghettos where Malas live were called Malapalli. This is a term familiar all over the Andhra region because of Unnava Lakshminarayana's novel *Malapalli* (1922), considered a modern-day Telugu epic.

106. Another word for gruel south of the Vindhyas.

107. The reference here is to the revolutionaries.

108. Madiga, Mala, Kulolla, Chenchu, Lambadi are all groups of Scheduled Caste and Scheduled Tribe people known by their community name.

109. The Pandavas are said to have hidden their weapons in the jammi tree (known as shami in Sanskrit) before their year in disguise. The leaves of the jammi tree are collected on Dassera and exchanged as gold.

110. Rytu Coolie Sangham is a revolutionary peasants' organization in Andhra Pradesh. It is associated with the Communist Party of India (Marxist-Leninist).

TRANSLATOR'S ACKNOWLEDGEMENTS

Translating Gaddar has been a labour of love. Both delight and nightmare. Having heard him often and being so steeped in the local culture, it was difficult to shift into the role of a translator. I found it near impossible to translate his songs. Because reading his words, his voice and vibrant presence invade and enliven them raising them to unimagined heights.

The result was that with the music, voice, and performance evoked by his words ringing in my ears, I reproduced flat and lifeless versions which meant nothing to the layman. His voice and his vibrant stage presence alive in my imagination masked the difficulties of the task ahead.

In the Hyderabad Literary Festival 2020, I read out a poem of Gaddar's. Jerry Pinto who was there said it was good. And suggested a publisher. Anyway, soon after, Covid-19 struck and my sample lay untouched in a publisher's desk. After six months I wrote to Jerry Pinto asking him to help me find a publisher. I owe the quality and shape of this manuscript to Jerry who painstakingly ripped me apart stitch by stitch and forced me to see the huge gap yawning between intent and content. Without his frank and uncompromising critique this work would not have seen the light of day. Any expression of thanks would be inadequate in the face of the debt of gratitude I owe him.

I must here mention that I am a competent translator, have done hundreds of poems and stories and a couple of novels. Even from languages I do not read easily like Tamil, Urdu and Hindi. If someone reads out a piece to me the tone is something I capture easily. The difficulty here was that I was translating from an oral tradition, a performance that weaves the audience, the music and the poignant misery of the present into a dream of a just future. It also grew immensely clear how little the rest of the country knows about my state which has produced vast reform movements, revolutions and political literature.

Gaddar's personal pride is the fact that he brought songs, an oral tradition, into the definition of Sahitya. He feels it is his greatest achievement. My constant interaction with Gaddar during this production has been a source of delight.

This has been to date one of my most meaningful efforts. For hand-holding through my agonies with references, crosschecks and comforting words, I am as ever indebted to Srinidhi Raghavan. To Gaddar whose unwavering faith in me did not let me give up.

To Dr Sathyam for generously sharing his precious photographs with me.

And finally to my family whose faith in me helped them tolerate my frustrations and failures patiently.

This work of mine could not have seen the light of day without all these people. I am truly grateful that they made it possible.

13 October 2020

Strike a Blow to Change the World

Eknath Awad

Translated by Jerry Pinto

'This is an inspiring book by an inspiring man and deserves to be widely read... A must-read for all those interested in Dalit politics and caste change.'—Hugo Gorringe, author of *Untouchable Citizens*

Eknath Awad was a rare Dalit Mang activist from the Marathwada region of Maharashtra, who fought for the rights of all underprivileged communities, irrespective of their caste or religion. In his compelling autobiography, Awad describes his rage against the humiliation of the Mangs by the upper castes; and his struggle to overcome caste prejudices as well as extreme poverty to get an education. He revisits his heady days of activism: rejecting caste-based labour and religious practices by cutting the Potraj's dreadlocks; joining the Dalit Panthers; being at the forefront of the Land Rights Movement; battling to rename Marathwada University after Dr Ambedkar; and working with an NGO in Thane that helped free Adivasis from bonded labour. He writes about his decision to return to Marathwada, where he continued to fight against caste-based discrimination until his death. Awad doesn't shy away from admitting his shortcomings, such as his tendency to resort to violence to settle disputes. He also recounts the casteism he faced from other Mangs, and his pain and disillusionment after some of them attempted to kill him.

Originally published in Marathi as *Jag Badal Ghaluni Ghaav*, Jerry Pinto's remarkable translation makes this inspiring book available in English for the first time.

The Ballad of Bant Singh
A Qissa of Courage

Nirupama Dutt

On the evening of 5th January 2006, Bant Singh, a Dalit agrarian labourer and activist in Punjab's Jhabar village, was ambushed and brutally beaten by upper-caste Jat men armed with iron rods and axes. He lost both his arms and a leg in the attack. It was punishment for having fought for justice for his minor daughter who had been gang-raped. But his spirit was not broken, and he continues to fight for equality and dignity for millions like him, inspiring them with his revolutionary songs and his courage.

Journalist and writer Nirupama Dutt tells Bant Singh's story in this powerful book which is both the biography of an extraordinary human being and a comment on the deep fault lines in Punjabi and Indian society.

The Disobedient Indian
Towards a Gandhian Philosophy of Dissent

Ramin Jahanbegloo

With a foreword by Ashok Vajpeyi

'The dissenter as a critic, an innovator, and a moral actor of resistance receives his due in Ramin Jahanbegloo's book.'—Shiv Visvanathan

In this original and timely book, Ramin Jahanbegloo, one of the world's leading political philosophers, engages with the most pressing question facing all of us today: is it not our duty, as free and autonomous citizens of democracy, to question and speak out against all authority? Should we not take back the power from self-interested political actors in the true spirit of Gandhi, for whom Swaraj was more than mere freedom from oppression?

The core idea of Gandhi's philosophy of resistance, Jahanbegloo argues, is his unshakeable conviction that it is no longer possible to organize political action without disobedience. Democracy, to be worthy of obedience, he says, must be structured so that every citizen can question and disobey unjust laws and institutions. This is what Mahatma Gandhi still tells us, more forcefully than any other thinker of the twentieth century.

The Disobedient Indian is a compellingly argued, persuasive handbook about the history, philosophy and necessity of disobedience. It is a vital tract for our times.